DER LUFTANGRIFF AUF HALBERSTADT

AM 8. APRIL 1945

Der Luftangriff auf Halberstadt am 8. April 1945
(Mit einem Kommentar von Thomas Combrink)
by Alexander Kluge

1945년 4월 8일
할버슈타트 공습

DER LUFTANGRIFF AUF HALBERSTADT

AM 8. APRIL 1945

알렉산더 클루게　　　　토마스 콤브링크 주해　　문학과지성사
　　　　　　　　　　　이호성 옮김

주해 토마스 콤브링크Thomas Combrink

빌레펠트에서 문예학과 영문학, 철학을 공부했고, 헬무트 하이센뷔텔에 관한 논문으로 박사학위를 받았다. 알렉산더 클루게의 문학 영역에서의 활동을 돕고 있다.

옮긴이 이호성

서울대학교에서 법학과 독문학을 전공했다. 베를린 자유대학에서 「권위와 협동: 알렉산더 클루게의 협동적 작가성과 (포스트) 문예 공론장」으로 박사학위를 받았다. 현재 성균관대학교 독어독문학과 조교수로 재직 중이다.
옮긴 책으로 알렉산더 클루게의 『이력서들』과 안톤 케스의 『M』이 있다. 클루게의 책과 브레히트의 영화, 1920년대 독일어권 작가들의 동아시아 여행기, 번역에 관해 연구했다.

채석장
1945년 4월 8일 할버슈타트 공습

제1판 제1쇄 2021년 12월 30일

지은이 알렉산더 클루게
옮긴이 이호성
펴낸이 이광호
주간 이근혜
편집 김현주 최대연
펴낸곳 ㈜**문학과지성사**
등록번호 제1993-000098호
주소 04034 서울 마포구 잔다리로7길 18 (서교동 377-20)
전화 02)338-7224
팩스 02)323-4180 (편집) 02)338-7221 (영업)
전자우편 moonji@moonji.com
홈페이지 www.moonji.com

ISBN 978-89-320-3953-4 03850

차례

일러두기

1 이 책은 Alexander Kluge, *Der Luftangriff auf Halberstadt am 8. April 1945* (Mit einem Kommentar von Thomas Combrink), Suhukamp Verlag; Originalausgabe Edition, 2014를 저본으로 삼아 번역한 것이다. 2부에 수록한 「나중에 돌이켜볼 때 "현실적"이라는 말은 무슨 뜻일까? Was heißt 'wirklich' im nachhinein?」는 Alexander Kluge, *Der Luftangriff auf Halberstadt am 8. April 1945*, Frankfurt am Main: Suhukamp Verlag, 2008을 저본으로 삼아 번역했다.

2. 본문의 주석은 별다른 표시가 없는 한 옮긴이주이다. 원서에 있는 주석인 경우에는 '[원주]'로, 이 책에 주해를 쓴 콤브링크가 붙인 주석은 '[콤브링크]'로 표시했다. 원서에 있던 주석 가운데 한국어판 독자에게 불필요하다고 판단되는 부분은 삭제하거나 본문 속에 내용을 덧붙여 번역하였다.

1945년 4월 8일
할버슈타트 공습

I.

[**4월 8일 일요일, 중단된 '카피톨' 영화관 오전 상영. 상영작은 파울라 베셀리와 아틸라 회르비거가 출연한 극영화 〈귀향〉**[1]]

'카피톨' 영화관은 렌츠 가족 소유다. 영화관 관리인이자 매표소 직원은 렌츠의 사돈인 슈라더 씨다. 특별석, 즉 발코니석의 나무 마감재와 1층 앞 관람석은 상아색으로 칠해져 있고 좌석은 붉은 벨벳 천으로 되어 있다. 램프 커버는 갈색 모조 돼지가죽이다. 클루스[2] 병영에서 한 중대의 병사들이 상영 중인 영화를 보러 행진해 온다. 정각 10시, 시작을 알리는 공이 울리자마자 영화관은 서서히 어두어진다—슈라더 씨가 영사기사와 함께 공이 울리면 작동하는 특별 전기저항기를 달아놓았다. 이 영화관은 흥미진진한 영화들이라면 많이 보아왔는데, 이런 흥미진진함은 시작을 알리는 공 소리와 이 건물 분위기, 매우 천천히 꺼지는 황갈색 조명, 도입부 음악 등으로 준비가 되었다.

---

1   파울라 베셀리Paula Wessely와 아틸라 회르비거Attila Hörbiger는 오스트리아 출신의 부부 배우였으며, 〈귀향〉은 나치 독일에 병합된 오스트리아에서 만들어진 반폴란드, 반유대주의 프로파간다 영화로 구스타프 우치츠키Gustav Ucicky가 감독했다.

2   할버슈타트 근처의 얕은 산지.

9

HEIMKEHR

PAULA WESSELY · PETER PETERSEN · ATTILA HÖRBIGER

Ruth Hellberg, Berta Drews, Elsa Wagner, Gerhild Weber
Carl Raddatz, Werner Fütterer, Otto Wernicke

Drehbuch: Gerhard Menzel · Musik: Willy Schmidt-Gentner

Herstellungsgruppe: Erich von Neusser
SPIELLEITUNG: GUSTAV UCICKY

Ein Gustav Ucicky-Film der Wien-Film im Verleih der Ufa

슈라더 씨는 구석으로 갑자기 내동댕이쳐진 채 발코니 석의 열이 오른쪽 천장과 만나는 곳에서 연기가 나는 하늘 한 조각을 막 보게 되었는데, 거기로 고폭탄 하나가 이 건물을 뚫고 지하실까지 관통해 있었다. 슈라더 씨는 공습경보가 울리고 난 후 홀과 화장실들에 영화 관람객들이 남아 있지는 않은지 살펴보려고 하던 참이었다. 이웃한 건물 방화벽 뒤 자욱한 연기 사이로 화염이 깜빡깜빡 타오르고 있었다. 영화관 오른편이 완전히 무너져내린 것과 상영되고 있는 영화 사이에 의미심장한 연관이나 연출상 연관은 없었다. 영사기사는 어디에 있을까? 슈라더 씨는 외투 보관소로 달려갔는데, 거기에서 이 영화관을 대표할 만한 로비 홀(세련된 유리 여닫이문이 있었다)과 상영작 안내판이 "배추인지 무인지 모를 정도로" 엉망진창이 된 것을 보았다. 그녀는 공습 대비용 삽을 들고 달려들어서 그 잔해 더미를 14시 상영 시간 전까지 청소하려고 했다.

여기에서 일어난 일은 슈라더 씨가 관리하는 이 영화관이 경험한 전율 중에서도 가장 강력한 전율, 어떤 최고의 영화가 야기한 것과도 비교하지 못할 전율이었다. 그러나 경험 많은 영화관 관리인인 슈라더 씨는 오후에 있을 정기 상영 네번(오전 상영과 심야 상영을 합쳐서 여섯 번)이 변경될 수 있다는 것보다 더 큰 전율은 생각할 수 없었다. 하지만 그사이 11시 55분부터 도시에 폭탄을 쏟아부었던 네번째, 다섯번째 공습 파도가 기분 나쁜 "저음의" 붕붕거리는 소리와 함께 다가오고 있었으며, 슈라더 씨는 폭탄이 떨어지며 나는 휘파람 소리와 바람 소리, 폭탄 터지는 소리를 듣고 매표소 판자벽과 지하실 입구 사이 구석에 숨어 있었다. 파묻히고 싶지 않았으므로 지하실로는 절대로 들어가지 않았다. 비로소 다시 어느 정도 눈이 뜨이게 되자 산산이 부서진 소위 매대賣臺 창문 너머로 은색 기체機體들이 줄줄이 농학교 방향으로 날아가고 있는 것이 보였다.

그제서야 그녀는 생각을 하기 시작했다. 슈피겔 거리를 뒤덮은 잔해 더미들 너머로 나갈 길을 찾았고, 그 거리 모퉁이 건물에 있던 아이스크림 가게가 폭탄에 정통으로 맞은 것을 보았으며, 하모니 거리 끝에 도착해서는 국가사회주의 자동차군단NSKK[3] 소속의 몇몇 남자들 무리에 끼어들었는데 그들은 차량도 없이 안전 헬멧만 쓰고 연기와 불이 나는 방향을 바라보고 있었다. 그녀는 카피톨 영화관을 위험한 상태로 놔두고 왔다고 자책했다. 그녀는 서둘러 다시 돌아가려고 했는데 슈피겔 거리 건물들 전면부가 무너질 위험이 있다며 남자들이 막았다. 그 건물들은 "마치 횃불처럼" 불타고 있었다. 그녀는 그렇게 자신이 분명히 보고 있는 것을 더 잘 표현하려고 애썼다. 늦은 오후에 슈라더 씨는 하우프트만-뢰퍼 거리(그

---

3   〔옮긴이〕 나치당 산하 조직으로 차량과 운송을 담당했다.

녀는 예나 지금이나 황제 거리라고 불렀다)와 슈피겔 거리가 교차하는 길목으로 힘들게 헤치면서 나아갔는데, 그곳에 서로 다른 길 다섯 개가 모여 만들어진 광장이 있었다. 그녀는 몇 시간 전까지만 해도 공공 시계가 달려 있었던 콘크리트 기둥 옆에 서서, 이제는 타서 무너져내린 카피톨 영화관을 비스듬히 건너다 보았다.

당시 마리엔바트[4]에 머물고 있던 렌츠 가족은 여전히 소식을 듣지 못하고 있었다. 그러나 이 영화관 관리인은 전화기를 사용하러 갈 수도 없었다. 그녀는 폐허가 된 옛 영화관 자리를 우회하여 이웃 마당 쪽으로 가서 급히 지하실 비상구로 들어가려 하였다. 그녀는 군인들을 붙잡아 부탁하였고, 그들은 곡괭이를 가지고 그녀가 들어갈 수 있도록 도와주었다. 지하실로 들어가는 길에는 오전 상영 관람객 여섯 명 정도가 누워 있었고, 중앙난방기와 연결된 파이프가 폭발로 터져서 죽은 자들에게 뜨거운 물을 한줄기 뿜어내며 적시고 있었다. 슈라더 씨는 최소한 여기서만이라도 질서를 만들어내고자 했으며 뜨거운 물에 익어버린—이것 때문인지 아니면 그 전의 폭발 때문인지—온전치 못한 신체 조각들을 세탁장 빨래 삶는 솥에 넣어두었다. 그녀는 담당 관청 어디에라도 신고를 하려고 했지만 저녁 내내 신고받는 이를 찾지 못했다.

---

4   〔콤브링크〕 마리안스케 라즈네. 보헤미아(체코) 휴양시. 당시 1938년 독일 점령 이후에 '주데텐란트 제국관구'에 속해 있었다.

그녀는 전율이 가시지 않은 채로 먼 길을 걸어 "긴 동굴"
로 가서 공습 동안 그곳으로 대피해 온 빌데 씨 가족 주변에
서 소시지빵을 씹었고, 또 병조림된 배를 숟가락으로 그들과
함께 퍼 먹었다. 슈라더 씨는 스스로가 "더 이상 아무런 쓸모
가 없다"고 느꼈다.

[플란타주 공원 참사에 처음부터 너무 늦게 출동한 중대] 카
피톨 영화관 지하실로 들어갔던 그 여섯 명을 제외하고 중대
는 비상구를 통해서 영화관을 떠났고 열을 맞추어 블랑켄부
르크 방향 선로까지 갔다. 이 남자들은 폭격이 있던 동안 그
곳 저택 정원에 납작 엎드렸다. 나중에 그들은 플란타주 공원
에 있는 교사 세미나를 위한 건물에 위치한 구호소 I로 행진
하라는 명령을 받았다. 그곳에서 그들은 플란타주 지하 방공
호로 가라는 지시를 받았는데 그 건너편에는 병원 벽돌 건물
이 있었다. 이 공공 방공호는 폭탄에 세 차례 완전히 명중당
했다. 그래서 그들은 100구쯤 되는 이따금 아주 심하게 손상
된 시신들을 파내고 있었는데, 몇 구는 지면에 드러나 있었
고, 몇 구는 방공호였을 걸로 보이는 구덩이 속에 있었다. 파
내고 분류하는 이 작업 과정이 얼마나 더 소용이 있을지 매우
의심스러웠다. 이들을 어디로 보내야 한단 말인가? 수송 수
단을 이용할 수는 있으려나?

　방공호 옆에는 아직 다음과 같은 푯말이 비스듬하게 기

울어진 채 꽂혀 있었다. "이 공공 방공호를 파손하거나 부적절하게 이용하면 경찰 수사의 대상이 될 수 있음. 지방경찰청장 겸 시장 메르텐스."

　방공호였던 자리에서 몇 미터 떨어진 곳에는 침호를 만들 때 파내어진 잔디 흙덩이들이 전후에 복원하기 위해 층층이 쌓여 있었다. 이 덩이들은 각각 두 뼘 정도되는 흙과 일견 죽은 듯 보이는 잔디들로 질서정연하게 놓여 있었다. 그러나 잔디들은 완전히 죽은 것은 아니었고, 1939년부터 소위 빈약한 잔디의 삶을 겨우 살아가고 있었고, **전후 당시** 정원 관리부의 주장에 따르면 그 공원의 외피는 다시금 완전히 복원될 예정이었다. 백 살짜리 소중한 잔디 흙, 소위 뗏장Grasnarbe이었다. 현재 시 행정부는 플란타주 공원 재조성 외에도 다른 할 일들이 있었기 때문에 잔디 복원을 위한 조직적인 기반이 부족했다. 정돈되어 층층이 쌓여 있는 더미들은 마치 관처럼 보였다. 그 관들은 그런 점에서 겉으로는, 18세기 심어질 당시에는 누에들 차지였던 쓰러진 나무들 사이 남아 있는 잔디 위로 군인들이 죽은 자들을 모아 늘어놓았던 이곳에 잘 어울렸다. 그러나 딱한 **겉모습** 측면에서 그러했다는 것이다. 당연히 차곡차곡 쌓인 잔디 잔해는 관으로는 전혀 쓸모가 없었다.

[무명 사진가] 그 남자는 슈피겔스베르게 언덕 비스마르크 탑 근처에서 군대 헌병들에게 붙잡혔다. 그는 손에 아직 사진

기를 들고 있고 재킷 주머니에는 촬영한 필름들과 생필름, 사진 관련 장비들이 있었다. 범행 장소 주변에, 즉 그가 마지막으로 사진을 찍던 자리 주변에는 지하 시설로 가는 입구가 있었는데, 그곳은 바위를 폭파해 공간을 만들어 무기들을 보관하는 곳이었다. 헌병 수장은 그 무명씨 혹은 첩자의 죄를 단박에 증명하기로 마음먹었다. "무슨 사진을 찍었습니까?"

그 무명씨는 불타는 도시를, 재앙에 휩싸인 자신의 고향을 멀리 떨어진 이곳에서 기록으로 남기려고 하였다고 했다. 자신이 브라이터 벡 거리[5]에 있는 사진관 주인이라고 주장했고, 사진사로서 가진 것 중에 그저 사진기와 필름들만 잡아채 나왔으며, 피쉬마크트 거리,[6] 마티니플란 거리,[7] 베스텐도르프,[8] 그리고 만도르프[9]를 지나 슈피겔스베르게 언덕[10]을 향해 왔다고 했다.[11] 헌병 수장은 곧바로 이것이 동굴에 있는 군사 제한 지역으로 들어가려는 범죄 행위를 의미한다고 주의

---

5   할버슈타트 중심가 동쪽 거리.

6   할버슈타트 중심가 동쪽 거리로 마티니 교회를 북동쪽에서 둘러싸고 있다.

7   할버슈타트 중심가 동쪽 거리로 마티니 교회를 남쪽에서 둘러싸고 있다.

8   할버슈타트 중심가 서쪽 거리.

9   할버슈타트 서쪽에 이웃한 지역.

10   할버슈타트 남쪽 언덕.

11   실제 할버슈타트 지도에서 이 위치들을 확인하면 이 인물이 매우 긴 거리를 얼토당토않게 우회한 것이거나 이 설명이 거짓일 가능성이 있다. 그러나 이 추측은 헌병 수장의 의심과는 또 차이가 있다.

무명 사진가의 사진 No. 1: 브라이터 벡 거리가 보이는 피쉬마크트 거리, 왼쪽은 카페 베스트 캄프.

를 환기했다. 당신이 브라이터 벡에서 왔다는 것부터가 매우 미심쩍소, 거기선 아무도 도시 너머로 나올 수가 없기 때문이오, 라고 그는 범인을 힐난했다. 헌병 수장은 이날 벌어진 아주 중대한 사건들의 관점에서 보면 비교적 지루한 숲의 업무로 추방된 셈이라 이 남자를 체포하는 것보다 더 나은 일은 기대할 수 없었다.

　군인들이 남쪽 지점으로부터 이 포로를 앞으로 떠밀면서 몰트케 거리를 따라 내려와 사령부 건물을 향해 헤치고 나아가려는 순간, 50미터쯤 떨어져 있던 이 "사령부"[12]가 연기 장막 너머로 벽돌과 철골 조각 등의 더미로 변해버린 것을 보

No. 2: 마티니플란 거리. 왼쪽에 마티니 교회의 남쪽 기둥이 있다. 뒤쪽에 술집 "자우레 슈나우체"[13]가 있다.

게 되었다. 임시 본부에 있던 장교들은 이 사진사 때문에 그들의 업무가 방해를 받는다고 느꼈다. 그들은 카메라는 압수했다. 그가 찍은 필름들은 어느 공무용 차량에 넘겨졌다.

증거 여부에 따라 그 남자는 마그데부르크[14]에서 총살을 당할 것이다. 아직 4월인 지금 산악 지대에서 첩보를 해서 어쩌자는 것인가, 라고 폰 훔볼트 대위가 물었다. 그러나 적들이 아주 작은 비행기로 지하에 있는 무기 공장의 숨겨진 동굴

12   〔콤브링크〕관청 사무소.
13   거친 주둥이라는 뜻.
14   할버슈타트 동북쪽 도시.

18

No. 3: 슈미데 거리[15] 초입.

입구를 찾고 있었다고 생각해볼 수도 있었다.

　　손글씨로 쓰인 체포 영장을 들고 이 포로를 끌고 리하르트 바그너 거리를 지나던 군인들은 어떠한 것이라도 좋으니 베어슈테트[16]에 마그데부르크로 가는 교통편이 하나라도 운행하고 있거나, 아니라면 마그데부르크로 가는 여객 열차가 현재 아직 남아 있는 선로에 멈춰주길 바랐다. 그렇지 않다면 그들은 이 남자를 데리고 무엇을 해야 할지 알 수가 없었을 것이다.

15　　할버슈타트 구 중심가 서쪽 거리.
16　　할버슈타트 서북쪽 거리.

19

No. 4 : 베스텐도르프에서 도시 바깥으로 도망치는 사람들.

　　보초병들이 이 남자를 풀어준 것이 이 무명씨가 이의제 기를 하고, 또 끔찍한 주변 상황 속에서 자신들의 행위가 무 의미해 보이고 몇 가지 의혹이 솟구쳐서인지, 아니면 하이 네 광장 근처에서 불발탄이 터지는 바람에 보초병들의 주의 가 한순간 흐트러져 남자가 도망친 것인지 그 사정은 알 수 없다.

[묘지 공원 관리인 비쇼프] 비쇼프는 말로 끄는 짐수레 마차 위에다 관 네 개를 싣고 그뢰퍼 거리를 달린다. 다음과 같은 이튼 아침 노획물이었다: 하르스레벤(늙은 농부, 까치밥나무 열매 술 한 병, 달걀 네 개)과 만도르프(형사, 달살 리귀이 술 한 병, 헝겊으로 감쌈, 구이용 소시지 두 개)에서 온 시신 각 한 구, 지역 병원 지하 냉동고에서 나온 시신 두 구, 방금 수술 받음. 묘지 관리인이 운구를 직접 해야 했는데, 장례회사 "피에테트(경건)"에 자동차가 없기 때문이다.

공습경보가 울렸기 때문에 비쇼프는 더는 길가에서 지체해서는 안 되었다. 운구를 정지하고, 흔들리는 목골조 건물 중 하나 안으로 들어가서 지하실을 찾아야 했다. 그러나 그는 차라리 속도를 더 올리려고 마차를 끄는 말들 귀 가까이에다 채찍을 울려댄다. 반쯤 몸을 돌려 보니 폭격기들이 동쪽에서 이리로 다가오고 있다. 시신들이 폭발압 때문에 뒤집혀버리면 안 된다. 비쇼프는 부장품과 선물들 때문에 시신 두 구는 자신이 책임을 져야 한다고 느낀다. 그는 마차를 세울 수 없다. 말들을 아무렇게나 묶어놓고 아무 지하실 입구로 달려갈 수 없다. "사네 셰넨 파레 진트엔 티르 페어예네엔."[17]

---

[17] 〔원주〕 "이런 예쁜 말들은 값비싼 즐거움이니까." 〔옮긴이〕 저지 독일어 사투리이다. 표준 독일어 모국어 사용자에게도 이해하기 어려운 말이라는 점을 감안하여 원어 발음으로 썼다. 표준 독일어로 발음하면 대략 "졸헤 쇠넨 페어데 진트 아인 토이어레스 페어그뉘겐"이 된다.

No. 5: 중앙우체국 맞은편.

비쇼프는 알트그레버 거리를 미친 듯이 달려 올라가 새로운 초지에 다다른다. 거기서 그는 마차에서 관들을 들어 올려서 그것들을 차곡차곡 겹쳐놓는다. 그다음에 열린 구덩이 중 하나 안으로 내려가서 그 위로 한 조각 하늘만을 바라본다. 눈이 아프게 푸른색이다.

모든 옛 시절들을 새롭게 하라,
모든 시간들을 배부르게 하라.[18]

18   〔원주〕 그는 저지 독일어 사투리로 말했다.

No. 6: 사진사가 서 있던 마지막 장소.

중간도시와 도시 저지대에서 일어나는 진동 때문에 구덩이를 파내 쌓아놓은 흙에서 겉흙이 흘러내린다. 비쇼프는 졸리기 시작한다. 꽤 이른 시간에 길을 나섰으니. 위쪽 제한된 시야 안에는 아직 아무런 비행기도 보이지 않는다. 어쨌거나 그는 초과 근무를 해야 할 것이므로 몸을 편하게 누이려 뒤척이면서 입고 있던 흙 묻은 작업용 재킷을 바닥 위에다 펼쳐놓고 짧은 낮잠을 잔다. 그래야 힘을 모을 수 있다.

[탑 망원보초 아르놀트 씨와 착케 씨] 아르놀트 씨와 착케 씨는 공습 시 의무 규정에 의해 마티니 교회 종탑 전망대에 망원보초로 배치되었다. 접는 간이의자 위에 낮 동안에는 쓸 일

23

도 없는 손전등, 맥주가 담긴 보온병, 샌드위치 도시락, 쌍안경, 무전기를 가지런히 늘어놓았다. 그녀들은 대공 경계 사이렌이 울릴 때 이곳으로 올라와서 쌍안경을 통해 주변을 둘러보느라 아직 정신이 없었는데, 그때 남쪽에서부터 고도차를 두고 두 겹으로 배치된 폭격기들이 오고 있는 것을 보았다. 이들은 다음과 같이 전달했다. 대략 3,000미터 고도, 크벤들린부르거 거리/하이네 광장[19] 방향, B-17 폭격기. 도시 남쪽 위로 연막신호탄. 아르놀트 씨가 보충하면서, 착케 씨가 들고 있는 무전기에 대고 다음과 같이 외쳤다. "폭탄을 싸지른다!" 블랑켄부르거 철도 선로 양쪽으로 열두 번 줄을 맞추어 폭격했다. 아르놀트 씨의 말: 사람들이 떼로 모여 짐이며 보퉁이를 들고 슈피겔스베르게 언덕으로 달려간다. 착케 씨: 비행기들이 모두 다 떨군 게 아니야.

그와 함께 망원보초들이 주고받던 말의 흐름이 끝났다. 두 여성은 숫자를 셌다. 그녀들은 쌍안경을 내려놓았다. "서른여덟"—비행기 수인지 아니면 폭격 수인지 확실치 않다. 아르놀트 씨가 다음과 같이 보고한다. 슈타인 거리, 하르덴베

---

19   〔원주〕 소시지 공장주인 하이네의 이름을 딴 광장. 하이네 공장은 이 광장에서 1.2킬로미터 떨어져서 도시 풍경을 남동쪽에서 닫는 모양을 하고 있었다. 〔옮긴이〕 유명한 시인 하인리히 하이네Heinrich Heine가 아님을 설명하는 것인데 현재 존재하지 않는 지명이다. 유대계였던 시인 하이네의 작품은 나치 시대에 대부분 금지되었다.

르크 거리, 쾰링 거리, 하이네 광장, 리하르트 바그너 거리.

첫번째 대열이 베어슈테트에 다다랐고 곡선을 그리며 뒤에 오는 주력 부대들을 기다린다. 송수신기를 통해 중앙으로부터 다음과 같이 되묻는 말이 들린다. 무엇이 서른여덟인가? 차케 씨가 무전 장치를 들고 있는 망원보초 아르놀트 씨를 대신해 대답한다. 한 번은 서른여덟 대였고 다음에 아흔여섯 대가 온다. 베어슈테트 위에 모이고 있다.

탑 망원보초들은 송수신기를 통해 노르트하우젠[20] 너머로 10분 간격을 두고 그 이상 되는 폭격기들이 파도처럼 따르고 있다는 정보를 전달받는다. 차케 씨는 대답한다. 여기에도 충분히 많다! 그녀는 그 비행기들이 8자 곡선을 그리다가 베어슈테터 다리/힌덴부르크 거리 방향으로부터 곧장 그들을 향해 날아오고 있는 것을 보지만 곧바로 보고하지는 않는데, 숫자를 세고 받은 인상을 정리하고 있기 때문이다. 거기에다 비스듬히 오셔스레벤[21] 방향으로부터 작지만 더 빠른 비행기들이 날아와서 브라이테스 토어와 쉬첸 거리 위에서부터 피쉬마르크트 거리까지 연막신호탄을 투하한다. 2발 엔진이 달린 비행기 하나가 대략 1,000미터 고도에서 나타나서 내리꽂듯 300미터 고도까지 내려와 그뤼퍼 거리 위에(그러니까 북

---

20   할버슈타트 남쪽 지명으로 하르츠 산이 할버슈타트와
        노르트하우젠 사이에 있다.
21   할버슈타트 북동쪽 이웃 지역의 지명.

쪽으로 한참 떨어진 곳에) 연막신호탄을 안착시킨다. 아르놀트 씨가 흥분해서 무전기에다 대고 소리친다. "노란 것에서 두텁게 노란 뭉텅이가 나온다." 연막신호가 검게 피쉬마크트 거리를 비롯해 여러 지역 위로 퍼지고, 도시 저지대 위는 노랗게 변한다.

그 기계들은 이제 이 여성 보초들 위를 지나 저 너머로 날아간다. 대략 1킬로미터쯤 되는 길 위로 일렬로 포탄들이 떨어지는 휘파람 소리가 들린다. 착케 씨는 송수신기에 대고 악을 쓴다. 브라이테스 토어에 폭격! 막대형 폭탄이 무더기로 떨어진다! 이 망원보초들은 보고를 중지한다. 접이식 의자, 비축품들이 혼란스럽게 여기저기 나가떨어진다. 착케 씨는 아르놀트 씨에게 "폭풍바람"(폭발 후 생기는 압력파)에 대해 알려준다. 이 여성들은 더 잘 붙잡고 있어야 한다.

도망쳐봐야 아무런 의미가 없었다. 두 여인은 구부정하게 쪼그려 두 손으로 처마를 잡고 두번째 무리의 비행기들이 대략 2,000미터 높이에서 날아가는 것을 계속 바라보려 애쓴다. "쿨크 광장, 브라이터 벡 거리, 보오르트 거리, 슈 거리, 파울스플란 골목."[22] 그들은 학교에서처럼 교육받은 대로 정보를 속삭이지만 더는 아무것도 전달하고 있지 않다. 그들은 "탑이 움직이고 있다"는 인상을 받는다. 착케 씨는 대성당 광

---

22   〔콤브링크〕할버슈타트의 거리와 공터들.

장 방향을, 다시 말해 북서쪽을 바라본다. 폭탄이 거기서 부르크강 저택들로 떨어져 큰 소리가 울리고 있다. 착케 씨가 말한다. "도시를 완전히 다 뜯어먹는구나." 이 여자들은 이제는 차라리 눕고 싶다. 아르놀트 씨가 기계 깅치에 머리를 가까이 가져다 댄다. 뭐라고 해야 할까? 현재는 빠져나갈 가능성이 전혀 보이지 않는다고? 그러나 여기서 도망쳤으면 좋겠다고? 그들은 시청사에 폭탄이 명중하는 것을 바라본다.

착케 씨는 송수신기를 들고서 흥분 상태로 무언가 악을 쓰며 말한다. 사람 좋은 고사포 장교가 이미 노르트호이저[23] 한 병을 다 마신 채 그녀에게 다음과 같이 말한다. 아무것도 신경 쓰지 말고 보고만 하시오. 그래서 여기 구부정하게 앉아 있거나 누워 있는 동안 그녀는 그 기계에 대고 "펑펑 울어야 겠다"고 확고히 결심한다. 탑 보초 여인들은 "절망에 빠지면 대성통곡"했으므로 "하이에나"라는 별명을 갖게 되는데, 이는 교관들 사이의 "농담"이었다. 이 여성들 아래 탑 안쪽 나무 구조물에서 불이 나 탑 지붕에도 부분적으로 불이 붙는다. 탑에서부터 마티니플란 거리 옆쪽에 있는 집들로 불꽃이 "탁탁 튄다." 다음과 같은 것들이 타고 있다. 데에젠 카페, 크랩스셰레,[24] "자우레 슈나우체" 등등.

23   〔콤브링크〕독일 튀링엔 주 노르트하우젠 지방에서 생산되는
      곡물로 만들어 증류한 독주.
24   직역하면 게 앞발이라는 뜻이나 잎이 뾰족한 수초의 이름이기도

착케 씨는 탑을 둘러싼 돌기둥 장식부 위에서 "소실되고" 싶지 않다. 그녀는 망원보초 아르놀트 씨를 옆으로 밀치고 접이식 의자, 망원경, 무전기를 급하게 잡아채 탑 안으로 뛰어 들어간다. 나무 계단이 아래로 이어져 있다. 아르놀트 씨는 총총히 그녀를 따라간다. 강한 바람 또는 폭풍이 들이닥쳐 그 여인들을 난간으로 밀어붙인다. 내려가는 중에 착케 씨가 무전기에 대고 외친다. "교회가 탄다. 가는 중이다." 화염 기둥에 타버린 계단 아래쪽 구조물이 뛰어가는 그들 발밑에서 완전히 아래로 무너져 내리며 꽝 소리와 함께 탑 바닥으로 주저앉는다. 불타는 들보 아래 깔린 아르놀트 씨는 움직이지 않고 착케 씨 부름에도 대답하지 않는데, 착케 씨 자신도 이미 허벅지가 부러졌다. 그녀는 교회 중랑 쪽으로 난 작은 문 근처, 화재가 난 부분 아래에 누워 있다가 하체의 고통을 무릅쓰고 다리를 질질 끌며("땡기며") 문 쪽으로 "물개질을 한다." 돌 버팀대 위로 몸을 끌어올려 결국 닫힌 문 아랫부분에 팔과 머리가 닿는다. 도움을 요청하며 한 손으로 두툼한 나무 문을 두드린다. 그 후 한참 의식을 잃고 있다가 정신을 차려 다시 두드린다.

몇 시간이 지나간다. 착케 씨 위치에서는 아르놀트 씨가 더

하다. 여기서는 가게 혹은 술집의 이름.

28

는 보이지 않고 아무런 소리도 들리지 않으며 어떤 신호도 보내오지 않는다. 탑 안쪽 구조물은 단계별로 차례차례 불에 타무너져 내린다. 돌 무더기와 불에 탄 나무 아래 아르놀트 씨가 쓰러져 있는데 그녀 위로 위쪽에서 탑 바닥으로 떨어져 내린 종이 서 있다. 착케 씨는 이글거리는 나무 더미와 종들 때문에 등이 "구워지는" 것 같다.

> 에셀스 운 아펜
> 다스 글루오베트 운트 호프트
> 베르데 베데 포어코프트!
> 무오트 우프 엔 슈트루오자크 슐라펜.

> (당나귀와 원숭이가 둘 다 팔리길!
> 믿고 바라네. 하지만
> 짚을 채운 포대 위에서
> 자야만 하네.)[25]

착케 씨는 짚을 채운 포대는 없었으나 감각이 없는 다리 하나로 몸을 바로 일으켜 세우고는 튀어나온 돌을 팔 하나로 잡고지탱한다. 밖으로 돌아간 부러진 허벅지가 "아래로 잡아당기

---

25   〔콤브링크〕할버슈타트 근방의 구릉지 후이 숲에서 유래한 저지 독일어 사투리로 된 구전 속담.

는데," 이는 "고역"이다. 그녀는 물론 구조되기만 한다면 무언가 이야기해줄 수 있을 것이다.

공습경보 기관은 그녀들을 이곳에 세워놓고서는 왜 아무도 그녀를 (그리고 죽은 아르놀트 씨를─그녀가 아직 살아 있는지는 물론 아무도 모르지만) 이 지경에서 구해주지 않는 것인가? 착케 씨는 1944년 1월 11일, 1944년 2월 22일, 1944년 5월 30일에 공습경계를 수행했다. 그리고 물론 1945년 2월 14일과 1945년 2월 19일(융커스 공장)에는 출석하지 않았는데, 그것은 다른 하이에나가 복무하는 날이었기 때문이었다. 그녀는 막대 하나를 찾았는데, 서서히 식어가는 쇠봉이었다. 밤중까지 기다리다가 그것으로 문을 밀쳤다. 교회 중랑에는 마티니플란 거리의 집들에서 나온 피난민들이 피신해 있었다. 그들은 교회 지붕이 불타 무너지자 측면 교당으로 간신히 피했는데, 이제 문 아래 매달려 있는 착케 씨를 위해 문을 열고 그녀를 교회 중랑으로 끌어올린다. 정말 고맙습니다, 그녀가 말한다.

[로스 호텔 결혼식] 나는 오늘 일찍 6시에 여기에 와서 둘러보았어. 너희들을 이리로 달려오게 하려는 생각은 아니었는데, 아무것도 준비되어 있지 않더라. 꽃하고 모든 것들이 말이야. 신부 어머니가 대성당에서 이곳으로 와서 비상용 아침식사가 꾸며져 있는 것을 보고는 그렇게 말했다. 하르츠 양조

30

맥주 다량, 모젤 와인 네 병은 호텔 측이 재고에서 꺼내 차려 놓은 것들이고 햄, 버터, 직접 구운 소박한 케이크 두 개는 신부 측에서 가져온 것이었다.

그리고 11시 20분에 공습경보가 울렸다. 복무 의무가 있는 어성 웨이터가 발했다. 무조건 지하실로 내려가야 한다고. 결혼식에 참석한 손님들도 이를 알고 있었다. 그들은 재잘대며 문을 지나 복도를 따라서 베이지색으로 칠해진 지하실 계단 아래로 내려갔다. 현재 융커스 항공 회사에 징집된 상태였던 신부(도시 저지대 출신), 신랑(콘크리트 엔지니어), 신부 어머니, 상대편 어머니, 신부 어머니 자매 네 명, 신부 자매 한 명, 그녀들의 오빠—그러나 그는 공습 보초를 서는 의무 때문에 지하실 입구까지만 같이 가주었다가 금방 다시 나왔다—, 꽃을 뿌리러 신부 측 사람들이 데려온 아이들 네 명이 거기에 있었다. 12분 후에 그들은 모두 생매장당하고 말았다.

나는 그들이 질식해서 곧바로 죽었기를 바랍니다, 라고 다음 날 산더미 같은 잔해를 이리저리 뒤지던 신부 오빠가 말했다.

결혼식 날 모인 사람들은 대성당에서 다른 두 쌍이 결혼식을 마치기까지 기다려야 했던 탓에 다소 시간이 지체된 이 결혼식이 끝난 후 대략 40분간 로스 호텔에서 웨딩 파티를 벌였다. 신부 오빠는 가방에 든 그라모폰 축음기를 가져왔고, 신부가 "가장 좋아하는 노래"를 틀었다.

꿈꾸렴 나의 작은 베이비

너는 되겠지 한 명의 레이디

그럼 난 부유한 기사가 될 테니

그 이후에 신부 어머니는 식탁보가 덮인 탁자 위를 가리켰고
접시들을 나누어 준다. 받으려 하지 않는 분들은 이미 다 드
신 거겠죠, 라고 신부 어머니가 말했다. 그리고 받지 못하신
분들은 곧 받으실 거예요, 라고 상대편 어머니가 받아 말했
다. 결혼 증인들은 빈 접시를 보여주었다.

　리시는 그걸 그냥 놔두어야 해요, 라고 어머니가 말했다.
제가 에델트라우트한테 아무런 소식도 듣지 못하더라도 그
냥 점잖게 받아들이겠어요. 거기에 가지 마세요. 상대편 어머
니가 말을 거들었다. 에델트라우트에게 한 발짝도 가지 마세
요. 신부 어머니가 말을 이었다. 저는 그 집을 절대로 청소하
지 않을 거예요. 창문도 안 닦아줄 거고요. 그게 옳지요, 라고
상대편 어머니가 말했다.

　너 거기에서 뭘 읽고 있니, 신부 어머니의 자매이자 학교
선생님인 게르다가 화동花童을 맡은 한나의 여덟 살짜리 아들
에게 물었다. 오, 오페라 가이드를 읽고 있니? 그것도 괜찮지.
이 아이는 항상 읽고 있어요. 무엇을 그렇게 읽는데요? 상대
편 어머니가 소리쳐 물었다. 오페라 가이드라니! 그 아이는

이미 교회에서부터 그걸 읽고 있었는데 몇 분 전부터는 오페라 내용에 대한 설명을 차례차례 읽고 있었다.

조화弔花들은 내가 치워버렸어. 여동생 한나가 조화가 그날 분위기를 망칠 수도 있음을 상기시킨다. 신부 가족 중에 불과 2주 전에 사망한 사람이 있었다. 그 때문에 조화들은 치워버리고 피튜니아 꽃을 가져다 놓았어, 라고 한나가 말한다. 이런 기쁜 날들에 더 잘 맞도록 말이야. 속도를 올린 셈이지. 급하다고 자갈들을 그 위로 쏟아버리면 안 되지. 그렇지만 9월에는 다시 흙이 덮일 거라고요. 그 후엔 흙이 다시 없어지겠지. 벌써 며칠이라는 간격이 있는걸요. 그녀는 분위기를 끌어올리고 싶어서 건배를 제안한다. 신부를 위한 아름다운 저 선물들 좀 봐, 라고 게르다가 말한다.

여기는 13시까지 마치기로 했었고, 점심은 그뢰퍼 거리 집에서 먹고 거동하기 힘든 신부의 이모할머니 댁에서 커피와 케이크를 들려 했고, 저녁에는 자우레 슈나우체 술집에 테이블을 예약해놓았다. 신랑은 다음 날인 월요일에 엘베 강변의 바르뷔 시로 가도록 배치받았다.

신부와 신랑은 서로 거의 이야기를 하지 않았다. 다소 어색한 공기가 감돌았다. 한 시간이 지나기 전에 이런 분위기를 바꾸어놓아야 했기에, 신부의 어머니와 상대편 어머니는 이를 위한 작업에 들어갔다. 여기에는 진짜 위험이 존재했는데, 신랑은 쾰른의 부유한 가정에서 태어나 자란 인물이고 신부는 그와 반대로 할버슈타트 출신으로 도시 저지대의 가진 것 없는 가정 출신이었기 때문이다. 적대적인 가족 구성원들이 서로 말을 편하게 주고받는 일이 아직은 벌어지지 않고 있었다(예외라면 이 일을 만들어낸 신랑과 신부 사이였는데, 이들은 아예 침묵하고 있었다). 신부 가족들은 이 커플을 밤 1시에 로스 호텔에 있는 그들 방으로 이동시킬 때까지(혹은 그뢰퍼 거리에 있는 집 침실로 되돌아가게 할 때까지일 수도 있지만, 아무튼 지금 그런 것은 상관없었다) 위기 없이 지나가길 바라고 있었다. 그래야 이 파티도 마지막 호각을 불게 될 것이었다. 그 전에 애도는 가장 짧은 방식으로 끝내버렸다. 가족 구성원들은 모두 지나치게 긴장하고 있었다. 이미 밝혔듯, 이들은 아무도 살아남지 못했다.

[두더쥐들] 이 공용 방공 벙커는 120명을 수용할 수 있다. 대략 60명이 왔는데 그들은 지하실 전구 빛 아래 정원용 의자, 등받이 없는 의자, 간이침대, 벤치에 앉거나 가져온 짐 위에 자리를 잡았다. "몸이 떨리는 붕붕 소리"가 점점 커지고, 그에 이어 폭탄이 떨어질 때 나는 휘파람 소리가 들리는 동안에도 몇몇 사람들은 방공보초가 빗장을 관리하는 철문을 통해 뛰어 들어오고 있다. "가까운 곳에 폭발이 일어납니다"라고 방공시설 감독자가 말한다. 전구가 깜빡거리다가 나가버린다. 우리는 자리에 앉아 있다가 지하실 바닥으로 미끄러져

내려 다른 이들의 사지 위로 눕는다. 이 무리 중 상당수가 첫 번째 공습이 연달아 벌어진 다음 철문 방향으로 몰려간다. 나가고 싶은 것이다. 방공보초 분대가 몸으로 그들을 막아선다. "공습이 있는 동안 방공 벙커를 떠나는 것은 금지되어 있습니다."

그러나 남자들과 여자들은 회중전등을 들고 벽이 무너진 곳을 조사했다. 누구도 이 어둠 속에 머물고 싶지 않았다. 그들은 무슨 일이 일어났는지 보려고 했다. 그리고 되돌아와서 귓속말을 나누었다. 철문이 열리지 않는다고. 무리들이 나뉘었다. 부상당한 남자 둘—나중에 내가 듣게 된 바에 따르면 이들은 "대성당 클럽"의 야전병원 소속으로, 일요일 산책을 하다가 우리 공용 방공 벙커로 도망쳐 들어왔다—이 보초에게 다가가 재촉했고 여성들 한 무리를 인솔했는데, 이 여성들이 벽이 무너진 곳을 쪼개 삽으로 파서 옆 지하실로 통하는 길을 열었고, 그들 뒤로 지하에 갇혀 있던 우리는 여덟 명에서 열 명 정도로 이루어진 작은 무리를 이루어 보초들이 조직한 줄을 따라 섰다. 우리는 이웃한 지하실을 조사했는데 거기엔 네 명이 질식해 죽어 있었다. 출구는 파묻힌 상태였다. 일등병 두 명의 지휘 아래 우리는 곡괭이와 쇠막대기로 64번지 집(우리가 그걸 알고 있었던 것은 아니고 귓속말로 전달되었다)의 갈라진 벽을 뚫고 들어갔는데, 엄지로 누를 때마다 윙윙거리던 회중전등을 비추어 보니 이 지하실에 벌써 내화 점토가 보였다. 지하실 계단으로도 쓰레기들이 쏟아져 내려와 있었다. 우리는 66번지 집으로 가는 갈라진 틈을 찾았다. 이 지하실을 뒤져보아야 했다. 어떤 틈도 찾을 수 없었다. 우리 뒤쪽으로 줄을 서 있던 사람들이 밀려 들어왔다. 선두에 있던 몇몇은 더는 팔을 처음처럼 움직일 수 없었고, 교체되었다. 팔 힘이 좋은 남자분이나 여자분 그 뒤에 있나요? 트루데 빌레케가 앞으로 나왔고 곡괭이를 넘겨받았다. 그리고 우리가 병조림된 잼이 놓인 선반을 옆으로 밀자 유리병들이 떨어졌는데, 아스파라거스와 콩도 담겨 있었다. 그리고 이 질퍽한 곤죽 뒤에서 갈라진 틈을 찾았다. 우리는 석회가 발린 아주 잘 정돈된 지하실로 들어섰는데, 지하실 문을 위로 열어젖히자 돌덩이들과 서까래가 있었다. 그러자 일등병들이 이렇게 말했다. 여기로는 통과하지 못합니다. 그래서 우리는 지하에 머물렀다. 그래도 몇몇이 끌고 온 짐들은 여기에 세워놓으라고 했다. 그다음에 우리는 곡괭이와 쇠막대기로 "슐레겔 양조장" 건물로 가는 갈라진 틈을 열었다. 여기에서 우리는 먼지와 연기 구름이 들이닥치는 것을 보았다. 지하실 천창의 철제 덧문이 폭발로 열려 있었고 밖에서 어스름한 빛이 들어왔다. 우리 뒤로 사람들이 줄을 서 따라오고 있었다. 이 순간(우리는 나중에야 알게 되었다) 네번째 또는 다섯번째 공격 파도가 몰려왔다. 우리는 비좁게 바닥에 누웠다. 옆 공간들에서는 병들이 덜거덕거리고 있었다. 그러고 나서 하이네 광장 건물을 기어 올라갔는데, 우리 뒤로 대략 70명이 마치 유치원 아이들처럼 따라왔으며, 집 크기만 한 잔해 언덕을 넘어갔고, 깨진 조각들로 뒤덮인 크베들린부르거 거리를 보았으며, 예비군 야전병원 옆을 지나 도축장 건물 벽을 띠리시 나아갔다. 우리는 짐을 들지 않고 숲을 통과하여 "긴 동굴"로 인도되었다. 그 말은 그곳을 감독하고 있는 돌격대SA와 국가사회주의 구호국NSV이 우리를 넘겨받았다는 뜻이다.

슐레겔 양조장 앞집 지하실에 숨겨놓은 짐들에 대해 말하자면, 다음 날 살펴보러 가니 사라진 상태였다. 우리는 매우 충격을 받았다. 그러나 복수를 할 만한 대상을 찾을 수는 없었다.

[버터 상인 헨체. 제정신이 다시 돌아오자마자 든 생각: 바위가 튀어나온 산으로 가야 해] 호어 벡 거리 21번지 우리 집 지하실에 시신 일곱 구가 누워 있어요. 우리는 제정신이 아니어서 돌아볼 겨를도 없고요, "아무것도 자라지 않는 돌 정원 같은" 파편, 깨진 돌덩어리, 쓰레기 따위를 넘어 달립니다. 요하네스 분수 방향으로요. 왜냐하면 우리는 서로 얘기하거든요, 넓은 길들이 있는 큰 광장이라면 어느 쪽으로든 도망칠 수 있을 거라고요. 여기엔 이미 다른 할버슈타트 주민들이 모여 있습니다. 그게 힘이 됩니다. 커다랗게 우회를 하여 도미니카너 거리로 나아갑니다. 호어 벡 거리 아래쪽은 불타고 있습니다.

우리는 리히텐그라벤을 통과해보려고 합니다. 다시 한 번 시도해 호어 벡 거리의 자동찻길 한가운데를 뚫고 지나가는 데 성공합니다. 40미터 정도 떨어진 곳에 21번지 우리 집이 보입니다. 우리를 도망치게 만든 첫 느낌 대로 (보지도 않고 뛰었지만) 폭탄에 제대로 맞아 완전히 무너졌어요. 집들이 타고 있어요. 불 폭풍 때문에 우리는 길 중앙에서 서로 꼭 붙잡고 있어요.

우리는 서둘러야 합니다(벌써 한두 시간째 생각하고 있습니다). 우리 등 뒤로 식민지상점 게프하르트와 리히텐그라벤 모퉁이의 불타는 건물들 사이 좁은 길목에 인광탄이 있는 것을 못 보고 지나치는데, 거기에서 초록색과 유황색 인광 불꽃들이 뿜어져 나옵니다. 우리는 불이 난 자리들을 껑충껑충 건너뛰어 버터 및 치즈 상점(헨체)에 도착하는데, 그 위층은 불에 타고 있습니다. 점주는 재고품들을 구하려 애를 쓰고 있습니다. 물건들 일부는 가게 안에 있고 1층 뒤편 공간에도 있습니다. 우리는 인간 사슬에 끼어듭니다. 달걀, 마가린 상자, 치즈, 버터, 시럽 상자를 거리로 끌고 나옵니다. "치즈 진창 속을 걷습니다." 설탕이 포대에서 흘러나와 짓밟힌 치즈 상자들 사이에서 바드득거립니다. 무엇보다도 우리는 그 공간에서 빠져나와야 합니다. "가게 뒷방이 무너집니다." 커튼 하나가 마당 쪽으로 불타며 불길을 향해 하늘거립니다. 점주가 부릅니다. "여기예요, 들 수 있는 만큼 다 받아 드세요." 우리는 빠른 걸음으로 건져낸 물건들을 받아 듭니다. 셰퍼 골목에서 폭격 피해자들이 떼를 지어 쏟아져 나옵니다. 여기에 소방수들이 소화기와 호스를 내려놓습니다. 우리는 소방 라인 뒤쪽에 건져낸 물품을 위한 둥지를 만듭니다. 보도에 우리가 새로 차지한 자리를 표시하는 커다란 깔개를 놓고 그 옆에 이인조 보초(프리다, 기젤라)를 세웁니다. 우리는 도심으로 서둘러 돌아가서 길에 놓여 있던 누비 이불을 챙기고, 상자 하나(크리스마스 트리 장식)와 우표 수집책도 손수레 맨 위에 올리고, 회중전등도 챙깁니다. 나는 빌리에게 수집책을 눈에 보이지 않게 아래쪽에 숨겨두라고 말합니다.

나는 리히텐그라벤에 있는 할버슈타트 일간지 벽돌 건물로 와서, 이후 며칠간 머무를 집을 찾기 위해 광고를 내려고 합니다. 어쩌면 교외의 정원에 딸린 작은 별채라면. 우리는 신청을 받을 수 없어요. 발간하지 않을 겁니다, 라고 편집자 중 한 사람이 말합니다. 나는 연필과 잉크들을 집어 셰퍼 골목에 있는 물품 둥지로 가져옵니다. 거기에 두 아이를 세워놓고, 기젤라와 프리다를 클라인크벤슈테트[26]로 보내 우리가 가진 것을 다 잃어버렸으니 햄을 보내줄 수 있는지 물어보라고 시킵니다. 정말로 소시지 세 개와 겨울 코트를 들고 돌아옵니다. 다양한 등급의 물품이 모인 보관소는 이제 12제곱미

26   할버슈타트 교외 마을.

터에 달합니다. 이거 좀 걸리적거리네요, 라고 이곳을 돌아보러 당에서 나온 사람이 말합니다. 저 멀리 뒤쪽 관할 구역에서 나누어 주시오. 당장 나누어 줄 필요는 없어요, 잘 모아 간수하고 있어야지요. 여기는 호스들이 지나가야 하는 자리요, 라고 제복을 입은 이가 말합니다. 소방수들은 우리 소유물들 위로 조심성 없이 호스 줄 하나를 놓았습니다. 우리는 공동체를 위한 마음이 넘칩니다. 아이들도 불을 끄는 일에 동참하려고 하지만 뒤로 물러나라는 소리를 듣습니다. 이제 우리는 밤에 대해서, 어떻게 우리가 이 물건들 옆에서 추위를 이겨낼지 생각해야 합니다.

[편집부에서] 신문을 밖으로 옮겨야 하나 아니면 불을 끄러 가야 하나? 무엇으로 불을 끈단 말인가? 지하실에는 종이가 쌓여 있다. 누군가 말한다. 우리가 불을 통제할 수 있는 곳에서 불태우는 편이 더 나을 거라고. 불타는 것을 모두 치워버리면 이 돌로 된 건물을 구할 수 있다. 인쇄용 판은 젖은 천으로 덮는다. 그러니 커튼들을 가지고 아래로 내려가라.

물 몇 동이가 거기에 있다. 식자공 중 한 사람이 말한다. 모두가 다시 오줌을 누면 물이 더 생기겠지요. "지나가는 사람들"을 이 안으로 불러들여 양동이에 짜내게 하기로 한다.

11시 32분 이래로 재앙이 계속되고 있다. 그 말인즉슨 거의 한 시간 반 동안 그랬다는 뜻이다. 시계에 보이는 시간은 공격 전과 마찬가지로 휙휙 지나간다. 그러나 감각으로 시간을 느끼는 일은 혼란스럽게 진행된다. 미래의 두뇌들은 이 15분 단위 시간에 실행할 응급 대처법을 생각해낼 수 있을지도 모른다. 편집자 두 명을 저수조로 보냈다. 그들은 이 기계들에 헝겊을 덮어 물로 적셔두기 위해 커다란 나무통에 물을 채워 끌고 와야 한다. 나무로 되어 있는 계단실도 축축하게 덮어놓아야 한다. 청소용 알코올, 유성 인쇄 잉크들도 치워야 하는데, 손이 닿지 않는 지하실 구석이 좋을까? 그렇지만 거기에 저장된 석탄들은 어떻게 하고? 삽으로 퍼 날라 옆 건물 마당에 놓아야 하나? 파묻는 편이 낫겠다. 배나무와 담 옆 잔디밭 한쪽이 묻을 만한 장소로 보인다. 석탄을 둔 지하실로 가는 입구는 파편들과 돌 조각으로 폐쇄할 수 있을 것이다. 그러나 무엇보다 종이 저장고가 문제다.

식자공들은 마당에서 잘 통제된 상태에서 불을 붙여 그 귀중한 종이 물품들을 태워버린다. 그동안 편집부 사람들은 다락 들보 사이로 새어 들어오는 불꽃을 때려 끄거나 모래를 뿌리려고 방화용 흙과 모래 삽을 들고 서 있다. 소중한 물로는 커피를 끓인다. 인쇄용 잉크를 비워낸 양동이와 양철통들은 실내 수영장 쪽으로 운반된다.

[대성당길 9번지] 공습이 끝난 직후, 주석 장난감 병정 몇 개가 창가 안쪽에 쓰러진 채 놓여 있었는데, 이 병정들은 캐비

닛 상자에 포장된 총 12,400개의 병정들 중 일부로, 러시아의 겨울에 대육군Grande Armée의 동쪽 낙오자들 방향으로 절망 속에서 진군하던 네[27]의 제3군단 같았다. 해마다 한 번씩 크리스마스가 있는 달이 되면 진열되었는데, 오직 그라메르트 씨만이 그 병사들을 올바른 순서로 세워놓을 줄 알았다. 그는 지금 가장 사랑하는 이 병정들을 두고 공황 상태로 달아나던 중 크렙스셰레 주점에서 불타는 들보에 머리를 맞아 더 이상 어떤 의지도 세울 수 없는 상태가 된다. 그라메르트가 자기만의 스타일로 꾸민 대성당길 9번지 주택은 두 시간 동안은 평온하고 무사했다. 물론 오후가 지나면서 훨씬 맹렬하게 불타올랐지만. 17시경에는 상자에 들어 있던 주석 장난감 병정들과 마찬가지로 덩어리져 녹아버렸고 완전히 연소되었다.

[하르더 주점] 와인 시장에 자리한 이 술집은 14시에 불꽃이 계산대 위에 올려둔 간판을 핥고 있다. "소심한 엉덩이에서 상쾌한 방귀가 나올 수는 없는 법이다." 엉망진창으로 넘어진 맥주잔 파편이 튀어 오른다. 잠시 후 다 타버려 천천히 식어가고 있는 이 맥주 소매상 위로 폐허가 된 건물 전체가 폭삭 내려앉는다.

---

27   미셸 네Michel Ney(1769~1815). 프랑스 군인으로, 나폴레옹의 러시아 원정 당시 제3군단을 지휘했다. 모스크바 퇴각 작전 때 큰 공을 세웠다고 평가받는다.

II

[**아래로부터의 전략**] 겔젠키르헨
지역으로부터 소개 명령을 받고 온,
국민학교 교사이자 현재는 탄환 작
업자로 복무 명령을 받은 게르다 베
테는 아홉 살, 일곱 살, 다섯 살짜리
아이 셋과 함께 지하실이 설치되지
않은, 브라이터 벡 거리 55/57번지 땅의 정원 뒤채에 살고 있
다. 11시 32분에 그녀는 공습 사이렌을 들었는데, 멀리서 폭
탄들이 떨어지고 있었다. 그녀가 아이들 옷을 막 다 입힌 순
간 고폭탄이 9번지 건물(코흐 인쇄소) 지하 방공호, 26번지
집, 그리고 건너편에 서 있는 69번지 집을 꿰뚫는다.[28]

정원 뒤채로 가는 입구 문이 부서지고 먼지와 연기가 쏟
아진다. "폭발음이 극도로 컸어요. 날카롭고 기분 나쁜 소음
을 같이 냈고요." 바로 그 직전엔 낮은 쇄쇄 소리와 높은 휘파
람 소리가 들렸고, 또 점점 더 커지거나 점점 사라지는 붕붕
소리가 들렸는데, 게르다는 15미터나 20미터 위쪽일 것으로

---

28   〔원주〕이 지하실로 대피했던 이들 중 열여덟 명이 질식해 숨졌다.
게르다 베테는 그 사실을 모른다.

추정했다. 어쨌거나 둘 다 "가까운" 거리로, 그녀가 자신과 그녀의 소유물 주변에 생각한 안전선 안쪽이었다. 그녀는 바닥으로 쓰러졌고, 그녀의 두 아이는 **그녀** 가까이에 있었는데, 세 번째 아이가 달려들어 바닥에 딱 엎드렸다. 그녀는 생각한다. 그것들이 가까이 있어. 그녀 자신이 멀쩡한 걸로 보아 폭격을 맞지는 않았다. 아이들은 그녀의 허벅지에, 목에, 머리에 급히 매달리며 품으로 파고들어 더 넓게 몸을 맞대려 했다. 다섯 살짜리는 머리를 그녀의 몸 아래로 들이밀었다. 게르다 일행은 적어도 사방으로 서로 멀리 흩어지지는 않았으며 몸을 더 밀착하려고 했다.

수초 만에 일어난 일이다. 불규칙적으로 커지다 작아지다 하던 붕붕 소리가 다시금 강하게 들렸다. 폭탄은 21번지에 굳건히 선 건물(에페아**EPA** 백화점)로 떨어져 지하실까지 뚫고 내려갔다. 그녀는 마치 그 폭탄이 "5미터 밖"에서 떨어지는 것처럼 느꼈다. 정원 뒤채는 기압파 때문에 흔들렸고 다음 차례의 폭탄과 사이렌 소리가 보오르트 거리, 쿨크 광장, 파울스플란 골목, 프랑스 교회, 피쉬마크트 거리, 뷔트너 백화점, 중세식 목조 건물 등등으로 계속 이어졌다. 게르다는 "멀리 떨어진" 것들이라고 새겼다. 상황판 지도에 기입하거나 볼 수 있는 것은 아니었다. 그녀는 위와 옆으로 아이들 몸의 "무게"를 느끼며 바닥에 엎드린 채 귀 기울여 "들었다." 아이들은 움직이지 않았고, 소리를 지르지도 않았다. 그녀가 중간에 있는 아이를 건드리자 아이는 곧바로 겁에 질려 울기 시작했다. 나머지 둘도 따라서 우는 것을 보고 그녀는 이 작은 아이들이 아직 살아 있음을 확인했다. 가족 울타리의 관점에서 보자면 아직 그들은 죽은 자들 편에 있지 않았다.

약간 높은 곳에서 또 새로이 붕붕 소리가 커지며 가까이 다가왔고, 부엌 벽에 걸려 있던 소금, 후추, 설탕, 양념 통이 떨어져 그 내용물들이 타일 바닥에 흩뿌려지는 동안 게르다는 재빨리 일어나서 아이들을 자신 앞으로 모아 부엌을 통해 빠져나갔다. 그사이 오븐이 떨어져 산산이 부서지고 남아 있던 불이 바닥으로 번졌는데, 그녀는 그냥 놔두자고 생각하고 자기 병아리들을 돌계단 여섯 개 아래 정원용 장비를 놓는 구석으로 밀어넣었다. 거기가 이 집에서 가장 지하실에 가까웠다. 지면보다는 1.5미터 정도 아래에 있었다. 그녀는 이 "제대로 갖춰지지 않은 작은 집"에서 "가볍게 무장한" 것처럼 느꼈다. 파묻힐 위험이 있다는 사실은 생각하지 않았다. 그녀는 폭발물이 떨어지면 숨을 길게 멈추었는데, 폭탄의 기압이 폐포들을 찢을 수 있다고, 그러니까 폭발이 다 지나가기 전에 폐 안에 강한 압력이 발생할 수 있다고 들었기 때문이었다. 그녀는 이제 아이들에게 속삭였다. 숨 쉬지 마, 제발 숨 쉬지 마. 그 속삭임 때문에 아이들이 긴장했다. 제일 큰 아이는 볼을 가득 부풀리더니 곧 숨을 쉬었다.

시간이 없었다. "아래로부터의 전략"—게르다가 그 순

간 머릿속에서 조립해보려 했던 원칙—은 위로 전달될 수가 없었다. 이곳 가장 아래 게르다에게 보이지 않는, 도시 위 허공 3,000미터 높이에 있는 전술 계획자들에게까지는, 또는 아주 멀리 떨어져 있는, 고위 전략 장교들이 머물고 있는 폭격기 출격 기지들까지는 닿을 수 없다. 브라이터 벡 거리의 지붕들은 곧장 불이 붙었다. 꾸준히 돌돌거리는 소음은 아마도 불타는 소리 그 자체든가 또는 "흘러내리는 벽돌들"에서 나는 소음일텐데, 게르다는 이를 10분쯤 폭격이 멎은 동안 유심히 듣고 있었고, 그러고 나선 산산조각이 난 창에 아직까지 박혀 있는 유리 파편 사이 구멍을 통해서 바깥을 한 번 보았는데, 앞집에서 피어나는 불꽃과 중간 마당에 쌓인 잔해 더미가 눈에 들어왔다. 이웃 마당으로 나가는 시선은 높은 벽(이는 보호를 의미한다고도 할 수 있었다)이 가로막고 있었다. 이제 또다시 거대한 비행기들이 다가오는 소리가 점점 커졌다. 그녀는 위에 있는 폭격기들에게 저주를 퍼붓기 시작했다. 그러나 그 저주가 성공해서 한 대가 그 자리에서 아래로 추락하여 그녀와 정원 집의 나머지 거주자들을 덮칠 것이라고 한다면 차라리 그렇게 하지 않는 편이 나을 것이다. 무엇보다도 걱정은 가장 어린 아이였는데, 왜냐하면 (덜 소중한 여자아이들은 나중에 대체할 수 있을 거라고 생각한 반면) 그는 그녀의 작은 아들이었기 때문이다. 그녀는 긴박한 상황에서 셋 중에서 누구를 먼저 구해야 할지 곰곰이 생각했고 우선순위를 열거하면서 그녀 자신을 셈에 넣는 일의 장점을 꼽아보았다. 다양한 관점에서 일단은 그저 더듬어보기만 했다. 다음번에 동압파가 아이들 중 하나—누가 될 것인가 그녀는 아직도 선택하려고 하고 있있다—의 폐로 들이닥치기 전에 아마도 그녀는 그 앞을 막아서거나 하는 식으로 무언가를 더 할 수 있을 것이다. 그녀는 물론 이 작디작은 집이 무너지는 것을 막을 수는 없었다.

그 일은 적어도 **전술적으로는** 그럴듯해 보였다. 이 작은 정원 뒤채가 그녀 위로 무너진다 해도 무너질 게 그렇게 많지는 않았다. 배급 주택의 장점이었다. 그녀는 이제 매달리는 아이들 위로 기어갔다. 바로 이것이 갑자기 그녀에게 두려움을 일으켰고 그녀는 아이들을 떼어내기 위해서 일어섰다가 그녀가 그러면서 숨을 쉬고 있다는 사실을 알아차렸고, 조심하자고 스스로 경고를 하였다. 폭발의 영향으로 기압이 이리저리 변하니 이 공기를 "마시지" 말아야 해!

그녀는 전략적으로, 다시 말해 주된 포인트에 집중해 "생각하도록" 자신을 다그쳤는데, 다시 말하자면 다음번 파도가 오길 기다리는 동안 또 한 번 도망칠 기회가 생긴다면 어디로 도망쳐야 하는가 하는 생각이었다. 그녀는 그러면 피쉬마크트 거리, 마티니플란 거리, 슈미데 거리, 베스텐도르프 거리를 지나 도망가고자 했다. 손수레가 마당에 있으니 아이들을 거기에 싣고 빨리 들판이나 마을로 달아나야 한다.

그녀는 이 위안을 주는 이미지를 눈앞에 그렸을 뿐, 이 이상 보호 수단은 없었는데, 그동안 네번째, 다섯번째 파도가 시내 중심가, 즉 슈 거리, 호어 벡 거리, 리히트베어 거리 등등을 폐허로 만들고 있었다. 또 지붕에서 아래로 떨어지는 돌부스러기들이 내는 버석거리는 소리나 덜덜거리는 소리들이 났는데, 그것은 불이 붙어 나는 소리였다. 또다시 11분 전과 같은 상황이 똑같이 시작되었고, 커졌다 작아졌다 하는 붕붕거리는 소리가 점점 더 잘 들렸다. 그녀는 커다란 소리로 기도하면서 폭격기의 궤도를 바꿔보려고 했다. 그러나 그녀가 궤도를 잘못 평가한 것이면 어떻게 하나? 계몽된 교사라는 직업을 오랜 세월 수행했던 그녀는 그렇게 종교적이거나 미신적인 인물로 보이고 싶지 않았다. 밖에서는 폭격 한가운데, 지하실에서 타 죽지 않으려고 문 앞으로 나와 도주로를 찾는 주민들의 목소리가 들렸다.

여기에 엎드려 있어, 라고 게르다는 아이들에게 말했다. 그녀는 마당을 가로질러 갔다. 하늘은 전혀 보이지 않고 검은 연기, 멀어지는 굉음만 있었다. 그 자리에는 태양과 푸름이 있었는데.

그리고 아름다운 하얀 구름이 거기 모이니,
나는 꼭 예전에 죽은 것 같으이…[29]

48

이제는 짙은 연기 구름이었다. 그녀는 잔해 더미 위를 지나 뒤집혀 있는 손수레를 끌고 앞 건물 입구로 갔는데, 그곳에는 남자들 여럿이 도끼를 들고 팔에는 방공 완장을 찬 채 무엇을 할지 의논하기 시작했다. 조언을 좀 얻어보고자 그녀도 그쪽으로 섰다. 그들은 모두 이 일에 질려버려서 (이 무해한 도시에!) 폭격기 파도가 더 오지 않기를 바랐다. 그래서 더 이상은 오지 않을 것처럼 행동했다. 더 구해낼 것도 없어요, 라고 그들이 말했다. 모두 서쪽으로 빠져나가 도망쳐야 합니다. 그러나 그들은 도망치지 않았고, 60번지 집의 무너지고 있는 전면부를 앞 건물 입구에서부터 멍하니 바라보고 있었다. 그 뒤로는 거대한 창고가 불타고 있었다.

　게르다는 충분히 겪어봤다. 기다린다고 믿고 따를 만한 전략이 나오는 것은 아니었다. 그녀는 운명에 맡기고 정원 뒤채로 달려갔는데, 이 도시의 대화재를 뚫고 도망치려는 것이 아니라 차라리 침착하게 이웃 건물들과 앞 건물과의 거리를 시험해보려는 것이었다. 그녀는 마당에 놓여 있는 긴 각목을 집어 들었다가 다시 양철 물받이로 바꾸었는데, 그것은 그녀가 원하는 모양으로 구부려 2미터 안에 있는 불꽃들을 처

29　〔콤브링크〕헤르만 알메르스Hermann Allmers(1821~1902)의 1860년 시의 한 구절. 인용된 두 줄 사이 원작에 있던 "마치 아름다운 고요한 꿈들처럼, 깊은 푸름을 뚫고"라는 시행은 삭제되었다.

리할 수 있었다. 그녀는 부엌 오븐에 남은 잔불도 그걸로 때려서 껐다. 아이들은 작은 집 안에, 더 정확히 말하자면 정원용 장비를 놓는 움푹 파인 구석에 숨어 있었다. 여기에는 아직 장비들이 있었다. 삽 하나(유용할 거야), 빗자루(유용하지 않아), 갈퀴(경우에 따라서 유용하겠지). 그녀는 삽으로 옆 건물 마당 쪽 벽 주위 화단에 담긴 흙을 퍼서 흙더미를 만들었는데, 불이 슬그머니 다가오면 불 위로 던질 생각이었다.

그녀는 곧 양철 물받이를 다시 내려놓았다. 이제는 주변에 있던 다른 사람들 목소리가 더 이상 들리지 않았다. 앞 건물과 브라이터 벡 거리의 모든 건물들이 불타서 쓰러졌다. 그녀는 질식하고 싶지 않았다. 그녀를 위협하는 것은 불꽃이 아니라 전반적으로 퍼져 있는 열기였다. 그러나 그녀에게 할당된 알량한 숙소가 한심하게도 정원 한가운데 있었던 덕분에 화재가 난 곳으로부터 모든 방향에서 15미터에서 20미터 정도 거리가 있었다—토지 소유주가 주택담당 관공서에 장난을 친 결과였는데, 그들 주장은 더 이상 이용하지 않는 정원 뒤채도 집 한 채라는 것이었다. 그녀는 앞 건물 주민이 마당으로 던진 침구들을 다른 탈 만한 물건들과 함께 옆 건물 담 너머로 던져버렸다. 이제 그녀는 더 이상 열기 속에서 움직이지 않았고 "안에서부터 푹 익어버리고 싶지 않았다."

하루 내내 전략이라고는 탈 만한 귀중품을 가지고 있지 않다는 사실 말고는 없었다. 무엇보다 정원 뒤채에 커튼도 달아놓을 수 없었는데, 받지 못했기 때문이었다. 아이들은 목이 마르고 배가 고팠다. 게르다는 부엌에서 소금과 후추가 뒤섞인 설탕을 나무 국자에 담아 모았는데, 그걸로는 팬케이크 한 번 만들 수 없었다. 불을 피울 자리도 없었다. 불 그 자체는 주변에 넘쳐났다. 그녀는 빵 자투리 한 조각과 마가린 두어 술, 엉망으로 섞인 설탕 네 술을 아이들 각각에게 먹였다.

덧붙임: "까맣게 구워지던" 4월 8일, 특히나 열기가 최악이었던 한밤중에 은신처에서 소망했던 것과 같은 전략적인 관점들을 열기 위해서는 1918년에 전쟁에 참여했던 모든 나라에서 그녀와 같이 결단력 있는 교사들 7만 명이 각자 20년 동안 열심히 수업을 진행했어야 했을 뿐 아니라, 지역을 초월해서 언론과 정부에 압력을 가했어야 한다. 그랬다면 교양을 잘 쌓은 후손들이 왕의 홀이나 고삐를 잡을 수 있었을 것이다 (물론 홀이나 고삐는 전혀 전략적 무기가 아니지만, 이런 전략에 필요한 권력 획득을 표상하는 이미지는 존재하지 않았다). "이 모든 것은 조직의 문제다."

서부 방벽[30]이 만들어지고 있을 때, 게르다는 아이펠에서 토트 조직Organisation Todt[31]에 속해 있던 어느 남성과 기가 막힌 2주를 보냈다. 이 남자는 카브리올레를 타고 있었다. 그 말은 오픈 카를 타고 시원한 눈이 뒤덮인 아이펠 지역 산들을 분화구에서 분화구로, 다시 말해 산 호수들 사이를 실제로 쏘다닐 수 있었다는 뜻이다. 그로부터 그녀는 다음과 같은 표현을 얻었다. 모든 것은 오로지 조직에 달려 있다. 그는 그녀에게 배들이 알프스 산맥을 넘어 이탈리아 포 강 유역 평야에 이르게 하는 계획들을 보여주었다.[32] 그것은 엔지니어링으로 계산된, 운하 건설이라는 조직이었다. 사람들은 그것을 그려낼 수 있다.

30   지크프리트 선이라고도 불리며, 제2차 세계대전 당시
        나치 독일이 구축한 네덜란드, 벨기에, 프랑스, 스위스와 마주한
        국경에 세운 방어선을 가리킨다.

31   〔콤브링크〕 1938년에 세워진 군사 조직이자 공병대로, 지휘관인
        프리츠 토트Fritz Todt(1891~1942)의 이름을 따 지어졌다. 나치
        독일 점령 지역의 건설 계획을 담당했으며 특히 제3제국 서쪽
        국경에 600킬로미터에 이르는 방어선인 서부 방벽을 건설했다.
        〔옮긴이〕 그 외에도 V1, V2 로켓 생산 등을 담당했고 외국인
        노동자 및 포로, 유대인 수용자들을 강제 징발하기도 했다.

32   〔콤브링크〕 북해와 지중해를 연결하는 물길을 만들기 위해 1907년
        알프스 산맥 너머로 운하를 건설하려던 이탈리아 엔지니어
        피에트로 카미나다Pietro Caminada(1862~1923)의 계획을
        가리킨다. 이후 토트 조직이 이 계획안을 다시 채택했다.

알프스 운하 수문 안으로 진입.

[위로부터의 전략] 그래서 게르다는 긴급했던 그 순간—물론 이는 오전 11시 32분부터 고생스럽던 4월 8일 밤을 지나 다음 날인 9일 늦은 오후까지 이어진 시간, 특히 세번째와 네번째 파도 사이에 10분간 유예 시간이 주어졌을 때를 말한다—앞으로 그러한 조직을 위한 기초를 놓겠다는 다짐을 하였다. 그러면 양철 물받이 하나, 삽 한 자루를 가지고서가 아니라, 그저 바라고 소망하는 것을 통해서만이 아니라, 800년에 걸친 아래로부터의 전략이 지난 800년 동안 지속된 위로부터의 전략을 분쇄해버릴 수 있을 것이다. 그러나 아직은 과거의 일이 아닌 것이, 그 비행기들은 이 시간에 테켄베르게 산악

배들은 높은 산악 지대를 거슬러 올라가 협곡과 정상을 지나 이탈리아로 갔다가 다시 돌아오
게 된다. 북해로부터 아드리아해에 이르는 것이다. 아래에 수문 중 하나가 보인다. 저 위쪽에는
터널들이 있다. 1938년 계획된 배편들이다.

지대, 슈피겔스베르게 언덕을 넘어 새로이(네번째와 다섯번째 파도) 다가와서, 베어슈테트 지역 위에서 선회하였고, 이 폐허에서 더 이상 어떤 발연 신호도 보지 못했기에 연기 구름이 피어오르는 도시 쪽으로 비행기 미티를 들더 2,000미디를 하강하여 시내 중심부를 "갈퀴로 긁듯" 날려버렸기 때문이다. 이때 그들은 꽤 자신감이 넘쳤는데, 적군 전투기의 방어나 대공포 방어를 전혀 발견할 수 없었기 때문이다. 그들은 도시에서 어떤 세부도 인지하지 못했고 순간 베테가 소원을 말하다가 조심스레 망설인 것도 느끼지 못했다. 그들은 아무것도 어렴풋이 느끼지 못했다. "참으로 아름다운 천사, 당신이여."[33]

약 200대의 폭격기 무리가 비행 시간 10분 간격으로 할버슈타트 시로 왔으며, 이 말인즉슨 지금 노르트하우젠 상공에 비행기 115대가 더 따라오고 있다는 뜻이고, 이들은 약 7,000미터 상공에서 남서쪽으로부터 다가왔다. 비행대형은 "공격 정렬"로 전통적인 기마 전술을 펼치려는 듯한 모습을 하고 있었으나, 그저 과시적으로 늘어선 것이 아니라 만약 전투기의 공격을 받을 경우에는 엄호 사격을 위해 서로 간격을 좁히고, 대공포 공격을 받을 경우에는 뿔뿔이 흩어지도록 하

---

33   〔콤브링크〕 당시 매우 인기 있었던 카를 베르뷔어Karl
       Berbuer(1900~1977)의 1938년 유행가 〈당신은 어렴풋이
       느끼지도 못하지(쾌활한 작은 노루 같은 그대)〉를 암시하는 구절.

기 위해 **계산된** 것이었다.

각각이 하나의 작업장이고 꽉 짜인 편대 대형은 공장이라 할, 4발 엔진을 장착한 장거리 폭격기 B-17로 저런 공격이 가능해지기 전 개척 단계는 그로부터 3~4년 전에 시작된다. 그 과정을 완벽하게 만들기 위해 개척 단계에서 역할을 수행했던 요소들, 즉 신에 대한 믿음, 군사적 형식 세계, 전략, 공격을 투지 넘치게 수행할 공군 병사 재선발, 목표가 가진 독특성 및 공격의 의미에 대한 암시 등등은 비이성적인 것으로 치부되어 제외된다.

1976년 스톡홀름 근처에서 열린 OECD 회담에서 시프리 연감[34]의 제7작업그룹과 함께 늦은 여름 햇빛이 내리쬐는 테라스에 앉아 공습 이후 등장한 농업 생산의 문제들Post-Attack Farm Problems[35]에 대해 논의함. "1944년 여름"에 있었던 공격 과정의 "발전적 위상"은 다음과 같음.

1. 전문화

공격을 주도한 것은 발미 전투[36]의 개별 병사와 같은 무장한 시민들(프롤레타리아, 교사, 소 사업가)이 아니라 교육을 받은 공중전 담당 전문 공무원이었다. 분석적인 개념성, 연역적인 엄격함, 교전보고서에서 근거를 따지는 원칙적 강박, 전문적 이해 등등. 우연히 아래 가지런한 들판 등을 보고 개인적으로 "내적인 외국"을 느낀다든지, 늘어선 집들, 건물 밀집구, 잘 정돈된 도시 구역을 보고서 자기 고향에서 받은 인상과 혼동하는 일이라든지, 아래쪽 더운 여름날의 추정상 기온을 재고해본다든지 하는 문제는 위에 떠 있는 비행기 속 계기판에 어떠한 영향도 주지 않는다면…

2. 관례성

승무원들은 이것을 "자신들의 업무 일과 이야기"로 경험한다.

3. 형식적 합법주의

공습이 있을 때 승무원들이나 지휘관들에게는 일반적인 복종 외에는 관습적인 동기나 의미를 생각할 책임이 부여되지 않으며, 악랄한 신조가 처벌받는 것이 아니라 규범에서 벗어나는 행동이 처벌받는데, 예를 들면 일찍 귀환하거나, 정확하지 못하게 또는 들쑥날쑥하게 폭탄을 떨어뜨리는 행위가 그런 것이다. 형식적 합법주의란 특히나 아래 등급으로 리스트에 올라 있는 목표물들에 높은 등급 목표물들보다 먼저 날아가 폭격을 하지 않는 것을 가리킨다. **공중에 일종의 법정이 서 있다고 할 수 있다.**

4. 보편성

1942년에 존재하던 티모스Thymos(용기) 혹은 규율, 그
러니까 개인적이면서 그와 동시에 체계에 연결된, 그런
제한된 인격적 특성 대신에 모든 전쟁 조직이라는 일반
화된 전체 안에 존재하는 가치가 들어선다. 병사나 전투
조직이 경쟁하는 것이 아니라 전쟁 무대의 차원, 즉 아
시아의 전쟁터, 미 제8공군, 전진하는 소비에트 군단,
1945년 4월 8일 하르츠 산맥 남쪽 끝에 다다랐던 선발
전차부대, 해병대가 경쟁하고 있었으며 서로를 피드백
하여 변화하는 규율들의 지배를 받았고, 연합군 본국에
있는 공보부라고 하는 도구적 보조 시스템에 의해서 서
로 연결되고 있었다. "그러면서 협소하고 개인적인 체
계의 문턱을 넘어 보편주의적인 체계로 들어섰다"고 F
는 인용하고 있다.

 "예전처럼 별들이 서로 나란히 서 있는가, 섬들은 사
라졌고 백조들도 그런데."[37] 그 호수에 섬은 없었고 호
수는 눈앞 암벽 테라스 30미터 아래에 있었다. 회의 참
가자들은 서로 간에 합의에 이르지 못할 것임을 확신하
였다. 그들은 아래 호수를 내려다보았으며, 거기서 수
영을 하고 싶었다.

1942/43년의 개척 국면이 없었다면 현재의 공습도 없었을 것이기에 이를 따로 떼어놓고 생각할 수는 없으나, 물론 여기에는 전략적 유산이 담겨 있기도 했다. 그 당시의 척도는 트렌처드 경[38]에게서 기인한 사고 과정에 따라 세워졌는데, 이는 다시 그의 베르됭 전투 경험으로 거슬러 올라갈 수 있고, 이 전투는 기마병 전투로 거슬러 올라갈 수 있으며, 이는 한니발에까지 거슬러 올라갈 수 있고, 이는 다시 종의 역사에서 나무를 타던 원시 포유류 종들이 거대 공룡의 양막으로 둘러싸인 영양가 풍부한 알을 찾고, 껍질 아래쪽이나 옆쪽을 깨

34　　〔콤브링크〕스톡홀름 국제평화연구소Stockholm International Peace Research Institute 연감. 이 연구소는 무장, 무기 감독, 탈무장과 군사적 갈등을 다루는 기관이다.

35　　〔콤브링크〕특히 핵무기의 영향과 농토의 오염을 다루었다.

36　　〔콤브링크〕1792년 9월 20일 프랑스 동북부, 베르됭과 랭스 사이의 마을 발미에서 프랑스 혁명 정부의 군대와 오스트리아·프로이센 동맹군 사이에서 벌어진 결정적인 전투였다. 개별 병사라는 표현은 프랑스 혁명군이 전통적인 전투 규율에 따라 행군하지 않았고 외적인 진형도 갖추지 않고 싸웠음을 뜻한다. 개인적인 동기가 수많은 지원병으로 이루어진 부대를 이끌었기 때문이다. 〔옮긴이〕이 전투로 프랑스가 프랑스 혁명에 반대하던 연합군을 격퇴하고 이후 전세가 역전된다.

37　　카를 크라우스Karl Kraus의 시「목동의 작별Schäfers Abschied」 일부.

38　　〔원주〕휴 트렌처드Hugh M. Trenchard(1873~1956). 제1차 세계대전 당시 영국 공군RAF의 사령관이자 영국 공군 전력의 창설자로, 미 공군은 그가 이끄는 영국 공군을 보며 1942년부터 유럽 "무대"에서 재빠르게 학습을 해나갔다.

물어 열고 거기에 새끼를 낳아두거나 자기가 직접 다 빨아먹던 행동에서 착안해 이를 되살려낸 것으로 볼 수 있다. 폭격기 승무원이 임무를 수행함에 있어서 이런 전략적인 관심의 뿌리라 할 전리품이 눈에 보이지 않는 이유는 이들이 날아간 도시에 무언가를 던져 주고 거기서 "비록 추상적인 의미이기는 하지만 빨아먹기 위해" 무언가를 빼앗아 오지는 않기 때문이다. 연료라든가 물질을 투척한다는 관점에서 보면 그들은 여기에서 아무것도 "원하지" 않으며, 스스로 공급할 뿐이다. 물론 그들이 고향의 비행기 공장에서 조립하는 노동력이나 텍사스와 아라비아의 기름을 빨아먹는다든지 승무원들이 임금을 개인계좌로 받는다든지 금융거래 전체가 군수 산업의 이익을 촉진한다는 식으로 이해할 수도 있을 것이다. 그러나 이 비행기 승무원들은 저 과정 어디에도 충분히 또는 적극적으로 관여하지 않는다. 그들은 또한 이 현재 시점에 그들 고향이나 집을 지키고 있는 것도 아니다. 그런 점에서 전략이 그로부터 산출되는 그런 원재료는 전혀 존재하지 않는다.[39]

---

39   〔원주〕베르됭 전투 이전에도 그랬지만, 특히 여기서는 어떤 계급도 서로에 대항하여 싸우지 않습니다, 라고 제7작업그룹 소속의 프리체가 말한다. 오히려 "위"와 "아래," **노동력과 생산관계**가 전혀 알아볼 수 없게 뒤섞여 있습니다. 날씨가 맑은 정도, 비행 전투대형의 목표 지향성, 대부분 하층 계급 출신인 일반 승무원들과 명령권을 가진 엘리트들 사이의 대립성, 또는 아래

도시에서 공습이라는 생산관계에 노출되어 있는 이들의 완전히 무력한 상태 같은 것은 일종의 눈속임이라고 할 수 있습니다. 이 모든 것의 **뿌리**를 고도로 복잡한 방식으로 분석하기 위해서는 종의 연쇄를 거슬러 올라가야만 할 것입니다. 오직 이러한 분석을 할 때에만 전략을 만들어내는 **원재료**에 마주치게 되는데, 릴다우세미스에 **따르면** 이는 "조국에 대한 사랑"이나 계급에 기반한 이유 등이라고 합니다. 그런 면에서 한참 전에 있었던 계급투쟁들이나 감정들, 노동력의 잔해가 이러한 사태의 형식으로 조직되는 것으로 보아야 할 것입니다, 라고 프리체는 말한다.

　이 말을 하면서 프리체는 말벌집을 찌른 셈이다. **형식성**이라는 주제가 이 토론장을 사로잡았다. 처음엔 그 말이 의미하는 바를 토론자들 가운데 누구도 알지 못했다. 어쨌거나 거기까지 날아가서 폭탄을 떨어뜨리는 행위, 무겁게 내리누르는 실제 바닥짐을 마치 개인적인 동기나 폭격을 맞아야 하는 자에 대한 도덕적moralisch 규탄("사기 저하용 폭격moral bombing")으로서 차근차근 비우는 것, 계산된 노하우, 자동화, 레이더 조정을 통해 대체된 조준 등에는 일종의 **형식주의**가 숨어 있습니다. 여기서는 영국의 본토 항공전에서와 같은 의미에서 비행기들이 날고 있는 것이 아니라 일종의 개념 체계가 날아다니고 양철로 몸을 감싼 이념의 건물이 날아다니는 것입니다. 빌리 B는 그 말에 플라톤의 『향연』과 『파이드로스』편을 필사적으로 연관시켰다. "인간이 태어나기 이전의 인간의 영혼은 하늘의 신들이 행하는 지복한 행렬에 함께할 수 있었고 [···] 신들과 함께 하늘을 이동할 수 있는 능력은 영혼에게 깃털이 있기 때문인데 [···] 그들은 그 깃털을 잃어버리고 아래로 떨어져 육신의 몸과 결합되어 태어나고 [···] 그때 영혼은 그 고향, 이전에 보았던 상들을 잊는다([옮긴이] 원문에는 "begießen[기념한다]"이라고 쓰여 있는데 "vergessen[잊다]"의 오기로 보인다). [···] 영혼과 이념이 함께함은 영혼이 신들과 함께하는 공동체적인 변화로서 [···]." 지금 그래서 논의를 어디로 끌고 가려는 것인가요, 빌리? 하고 우르줄라 D가 물어보았다. 아무도 알지 못합니다. 그렇지만 그 형식들이 어딘가에서 온 것임에는 틀림없습니다.

시차를 둔 전투대형.[40] 이 앞으로 추가 배치된 비행기들이 날아간다.

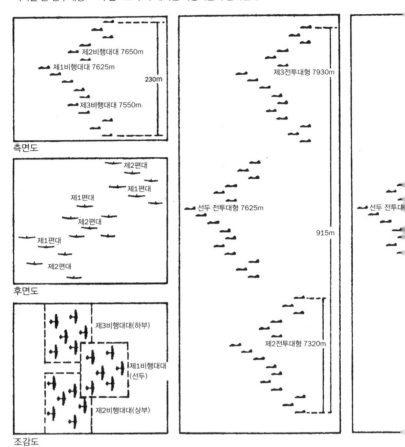

측면도

제2비행대대 7650m
제1비행대대 7625m
제3비행대대 7550m
230m

후면도

제2편대
제1편대
제1편대
제2편대
제1편대
제2편대

조감도

제3비행대대(하부)
제1비행대대(선두)
제2비행대대(상부)

제3전투대형 7930m
선두 전투대형 7625m
915m
제2전투대형 7320m

선두 전투대

62

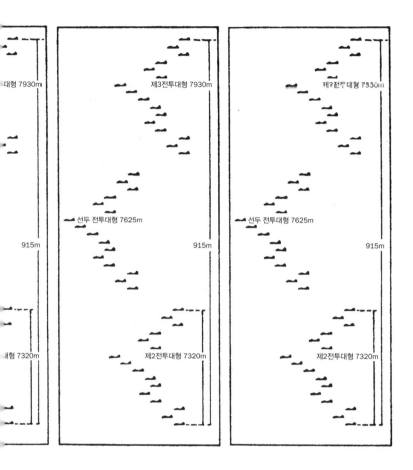

대형 7930m

제3전투대형 7930m

제?전투대형 7930m

선두 전투대형 7625m

선두 전투대형 7625m

915m

915m

915m

대형 7320m

제2전투대형 7320m

제2전투대형 7320m

40 〔원주〕 1943년에 이미 슈바인푸르트와 레겐스부르크를 공격한 바
있는 베테랑 승무원들이 제92, 제305, 제306, 제351 비행전대에
있었다. 주간畫間 폭격의 전문가들이다.

작전 계획자.

"더 보이즈The Boys."

엄청난 엔진 폭음 한가운데 압도적으로 밝은 대낮의 빛을 받으며 날아다니는 산업 단지 안에서, 조종하지 않고 밖을 내다보거나 무전을 보내는 이들은 기나긴 기다림의 시간들을 견뎌야 했지만 그렇다고 범죄소설이나 통속소설을 읽을 수는 없었다. 비행기가 작동하기에 적응할 수밖에 없었다. 나는 어머니의 걸음을, 얼굴 움직임을, 표정을 따라하고, 나는 사회의 표현 방식을 따라하며, 자동차 냉각 그릴과 같은 코를 가졌고, 길처럼 반듯하고, 집과 방처럼 사각형이다, 나는 적재 폭탄이라는 짐, 기계 장치, 내부 설비와 함께 우리 "영혼"을 부속물처럼 달고 날아오르는 엔진을 모방한다.

그러므로 비행기 안에서 오래 일한 전문가 중 누구도 스트레스를 피할 수 없으며 그들 영혼은 아래 들판이나 하르츠 산맥 또는 하늘의 깊은 파란색 쪽으로 방향을 돌린다.

"미 제8공군은 1945년 4월 8일 베를린 인근에 있는 목표를 공격하기 위한 계획을 세웠다.[41] 그러나 이 목표물들은 러시아의 폭격 전선 안에 있었기 때문에 러시아 당국으로부터 먼저 승인을 받기 전에는 미군이 공격할 수 없었다. 그러한 승인을 받지 못하면 미 제8공군은 B-17 25개 비행전대와 B-24 7개 비행전대를 활용하여 독일의 다른 목표물들을 공격할 대안 계획을 실행하여야 한다.

목표물 중 두 곳은 체룹스트에 있는 공군 기지와 슈타
스푸르트에 있는 유류 저장고였다. 이 양 군사 목표물은
육안으로 확인하여 공격할 예정이었다. 그곳들이 구름
에 가려 보이지 않을 경우 비행기들은 할버슈타트에 있
는 철도 조차장[42]을 폭격하게 되어 있었고 공격은 육안
으로 하든지 아니면 레이더 조준기로 이루어질 예정이
었다.

결과적으로 이 비행전대들은 할버슈타트에 있는 대
안적 목표물들을 향해 갔다. 할버슈타트는 3/10이 구름
으로 덮여 있었으므로 대개는 조준기로 목표물을 확인
한 후 폭탄을 떨어뜨렸지만 일부 승무원들은 육안으로
보고 폭격을 가했다."[43]

41   〔영문판〕할버슈타트 역사가 베르너 하르트만Werner Hartmann이
     비행 연구소Aerospace Studies Institute로부터 1965년 3월 29일에
     받은 편지의 일부임. 〔원주〕"예비 목표 목록": 특정된 목표
     지역 열 곳. 그중 여섯 곳은 영국 공군에 네 곳은 미국 공군에
     할당되었는데, 슈텐달―에르푸르트―할레―라이프치히―
     켐니츠―마그데부르크 지역이 여기에 포함되었다. 이곳들
     외 나머지 지역은 1945년 4월 8일까지 예비 목표로 남아
     있었다(나머지 예비 목표 목록). 〔2008년판 원주〕지역 폭격을
     멈추라는 1945년 4월 4일 유럽 연합군 최고사령관SACEUR의
     명령은 4월 8일까지도 명령 체계를 따라 작전 투입 대상자들에게
     빠르게 하달되지 않고 있었다. 〔옮긴이〕이 부분은 클루게의
     픽션으로 보인다. 유럽 연합군 최고사령관이라는 지위는 제2차
     세계대전 이후 NATO 연합군에 생긴 것이다.

42   〔원주〕주민 64,000명이 있었다. 야심찬 시장들에 의해서
     1939년까지 병합이 이루어져 10만 명 이상으로 주민 수를

늘리고 그 때문에 폭격 목록에서 최상부에 오르게 되었던 다른 도시들과는 달리 할버슈타트는 확장되지 않았다. 도시 남부에는 비행장과 융커스 항공기 제작 공장이 있었는데, 비행기 날개 제조에 특화되어 있었다. 랑엔슈타인 방향으로 산맥 안으로 25킬로미터를 파고들어간 지하 갱도 안에서는 무기 생산이 이루어지고 있었다([옮긴이] 이 책에 가주 등장하는 "긴 동굴" 혹은 "동굴"은 바로 이 지하 갱도를 가리키는 것으로 보인다. 복합저장기지 12Komplexlager 12라는 이름으로 불린 이 거대한 벙커는 많은 강제수용소 포로들의 희생으로 지어졌으며, 전후 동독에서도 최대 규모의 지하 무기 저장고로서 비밀리에 계속 사용되었다). 그러나 이 모든 것은 도시로부터 명백히 떨어져 있었다. 오직 대성당 부속 중고등학교에서만 학생들과 교사들이 대피하도록 하고 있었다. 그곳에는 슈페어 장관 담당 부서([콤브링크] 무장 및 탄환을 위한 제국 행정부. 1943년 6월부터는 군비 및 군수품 생산을 위한 제국 행정부로 바뀌었다. 군대에 무기와 탄환을 더 잘 공급하기 위한 부서로, 1940년부터 이 부서를 담당한 프리츠 토트가 죽은 이후에는 알베르트 슈페어Albert Speer[1905~1981]가 담당했다)의 무장 담당 간부가 머물고 있었다. 미 제8공군 폭격 목록에는 할버슈타트가 낮은 우선순위에 있었는데, 노르트하우젠보다 아래였으나 크베들린부르크나 아셔스레벤보다는 위였다.

43 [원주] 그 비행기 안에서 승무원들은 "심리적인" 이유에서 눈이 먼 상태였다. 체룹스트와 슈타스푸르트 상공이나 할버슈타트 상공에 이른 여름 하늘의 푸른빛이 가득했다. 슈타스푸르트의 하늘에 구름은 없었고 할버슈타트의 하늘도 3/10만 구름이 덮여 있었다. 그런데도 많은 비행기들이 눈으로 보지 않고 레이더를 통해 폭격했다는 사실은, 눈이란 밖을 내다보는 사람이 지닌 개인적인 신체 기관이 아니라 전략적 특성이 있다는 것을 보여준다. 다른 한편, 1977년 4월 10일 미 공군 퇴역 대령 더글라스는 다음과 같이 말한다. "전략"이라는 단어를 그만 쓰시오. 학자 중 하나가 반박을 한다. 우리가 그 단어를 쓰는 것은 당신들이 그것을 "전략적 폭격 명령strategic bombing command"이라고 불렀고 아직도 그렇게 부르고 있기 때문입니다. 허튼 소리지, 라고 대령은 말했다.

그들은 저 위에서 이리저리 오가면서 날았고 진절머리나게 "지능적"(또는 "일반적")으로 사람들이 달아날 길을 잔해 더미로 차단하기 위해서 교차로 모퉁이의 건물들을 폭파했는데, 이 사람들은 "막대형 폭탄"과 인광탄 때문에 불타는 집에서 쫓겨난 상황이었다. 그러니까 그들은 (스스로의 의지를 너무 덧붙이지 않고 참모들과 공습 전략가들이 세운 계획들을 실행하면서) 도시 주민들을 "제대로 고문해야"만 했다.

첫번째 전투대형 선두 비행기의 브래독은 도시에 이르기 전 마지막 두 산맥 위를 지날 때 길게 뻗은 대로가 깔린 것을 보게 되는데, 그 길을 철도가 가로지르고 있다. 이 대로 위로 도시 주민들이 서둘러 잡동사니와 손수레를 끌고 산속 숲으로 가고 있다. 그곳에 보호용 동굴들이 지어지고 있다는 사실은 공격 자료들을 통해 잘 알려져 있었다. 브래독은 자신을 따르는 비행기들에게 이 목표물 각각에 폭탄을 떨어뜨리라고 명령을 내리는데, 그것이 그냥 가능하기 때문이었다. 이 명령은 저 전체 공습의 시간적 틀 안에서 일어난 몇 안 되는 "개인적인" 결정 중 하나였다.

> 그것을 산업 현장에서 일어나는 정상적인 일상적 교대업무라고 받아들여야 하오. "중간급 산업 시설들 200개가 도시 쪽으로 날아가고 있는 것이오." 그러나 그 학자는 이렇게 말했다. 그들은 눈을 붕대로 가리기라도 한 듯이 그쪽으로 날아간 것이지요. 이걸 어떻게 설명할 수 있겠습니까? 그 이유는 그 퇴역 대령도 알지 못한다.

사령관들. 왼쪽이 아이라 C. 이커,[44] 오른쪽은 칼 스파츠[45] 장군.

B. 댐슨, 목표물 지정 담당.

[44]   아이라 C. 이커Ira C. Eaker(1896~1987). 제2차 세계대전 당시 미
       제8공군의 부사령관으로 영국에 부임, 훗날 칼 스파츠의 뒤를 이어
       총사령관 지휘에 오른다. 영국에서 폭격을 조직하는 일을 책임졌다.

[45]   칼 스파츠Carl Spaatz(1891~1974). 1942년까지 미 제8공군의
       사령관직을 맡았다. 그 후 영국 외 다른 유럽 지역의 미 공군
       사령관을 역임했다. 훗날 태평양 미 전략 공군 장군으로, 히로시마와
       나가사키의 원자 폭탄 투하에도 관여한다.

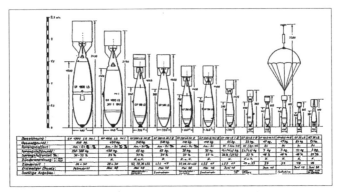

GP＝일반 목적General Purpose, 다목적 폭탄. HEF: 고성능 파편폭탄High Explosive Frag
mentation(영)＝Splitterbombe(독).

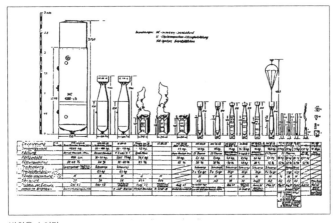

방화용 소이탄.

"폭탄의 종류에 따라 각각 특별한 임무가 주어지기 때문
이다. 기뢰탄은 건물 내부를 불태워 완전히 제거한다."
거리를 찢으며 터뜨리고 수도관들을 파괴해서 초동 진
화가 불가능하게 만드는 무거운 고성능 폭탄이 있다. 가

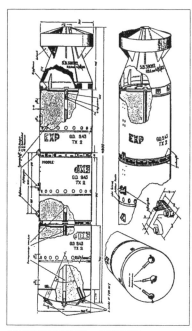

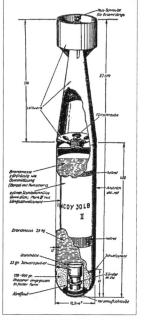

HC 12000 LB 5100kg＝블록버스터
(초대형 폭탄).

액체형 방화 폭탄 INC 30 LB MK IV
"종축 용접 접합부를 가진 폭탄" 14kg.

벼운 종류의 고성능 폭탄들은 소방수들이 지하실까지 가지 못하고 퇴각하게 한다. (공군 원수 해리스[46]: "첫번째 공습기가 소방대와 소화 작업 가능성을 소진시켜버리기 위해 날아올랐다.") 여기에 소이탄들, 특히 소위 화염방사 폭탄들이 뒤따른다. 할버슈타트 대성당 건축 담당 부서의 대성당 건축가 W. 볼체의 보고에 따르면 휘발유, 고무, 비스코스에 마그네슘을 더해 만든 합성 마그마가 있었다. 해리스에 따르면 전체 폭탄은 위와 같다.

71

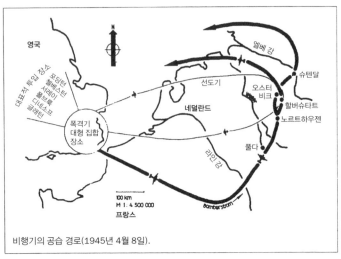

비행기의 공습 경로(1945년 4월 8일).

[여단장 앤더슨과의 인터뷰] 할버슈타트 출신 기자인 쿤체르트는 1945년 6월 작센 안할트 지역을 소탕했던 영국 군대와 함께 서독 쪽으로 이주했는데, 그는 런던의 전략연구소 회담장 주변에서 예전에 미 제8공군에 있었던 여단장 프레드릭 L. 앤더슨을 붙잡고 인터뷰를 했다. 그들은 호텔 "해변"에 있는 바의 등받이 없는 의자에 앉아 있다. 앤더슨은 할버슈타트 공습 작전을 지휘부에서 "함께 수행하였다."

리포터: 그러니까 아침 식사를 한 후에 비행하셨나요?

앤더슨: 그렇습니다. 달걀을 곁들인 햄과 커피였습니다. 저는 항상 범죄소설에서 탐정이 햄과 계란 네 개와 커피 석 잔을 다 먹어 치우는 부분들을 찾아 읽곤 합니다. 뭔가 묵직한 느낌을 주지요. 제가 그렇게 먹지는 않을 겁니다. 그러나 상상은 즐겨 합니다. 은밀한 즐거움이지요.

리포터: 그렇군요. 남잉글랜드에 있는 작전용 기지들에서 일상적으로 비행하곤 하셨나요?

앤더슨: 포딩턴에 제92비행대대, 첼베스턴에 제305비행대대, 서레이에 제306비행대대, 폴브룩에 제351비행대대, 디네소프에 제401비행대대, 글래턴에 제457비행대대가

---

46   〔옮긴이〕 아서 해리스Arthur Harris(1892~1994). 제2차 세계대전 당시 영국 공군 폭격기사령부 사령관으로 독일 본토에 대한 전략 폭격을 주장했다. "폭격기 해리스" "도살자 해리스" 등으로 불렸다.

있습니다. 그걸 반박할 수는 없지요.

리포터: 수가 아니라 이미지화해본다면 말입니다. 무엇을 볼
　　　수 있을까요?

앤더슨은 어떤 구체적인 이미지도 전해줄 수 없었다. 그렇게
열거된 비행대대들은 일단 눈에 보이지 않는다. 앤더슨은 어
느 비행기 조종사 뒤에 서 있다가, 옆으로 풀밭과 비행기 격
납고가 "휙휙 지나가며 소용돌이치는" 것을 보면서 뒷벽 쪽
으로 압력을 받아 밀려나는 등의 일만 경험할 뿐이다. 그는
오직 텔렉스 문서 더미로부터만(그는 대략 반 미터 높이로
쌓여 있는 문서들을 보여준다) 다른 비행대대들이 같은 시각
에 다른 장소들에서 출격했다는 사실을 알 수 있다. 12인에서
18인(지상 인력 포함)이 비행기들 안팎에서 일을 했는데, 일
부는 대기 상태였고 일부는 특정한 기술적 수작업을 수행해
야 했다. 출격한 기계들은 모두 모여 남잉글랜드 해변 위에서
대기 비행을 하였다.

리포터: 프랑스 북부 해변을 넘어 날아갔나요?
앤더슨: 통상 그랬지요. 우리는 뉘른베르크나 슈바인푸르트
　　　로 날아가려는 듯이 비행했습니다.
리포터: 300대가 넘는 비행기들이 폭격대형을 하고 날아가
　　　는 것을 보면 자부심이 생기는지요?

앤더슨: 저는 모스키토 기機 안에 앉아 있었습니다. 소위 텔렉스와 지도 보는 일을 담당했기 때문에 (그리고 모든 것이 계획대로 진행된다는 가정하에) 이 폭격기들의 흐름을 상상할 수 있었습니다. 그러나 직접 보지는 못했습니다. 제 모스키토는 빠른 목제 폭격기였는데, 대형으로부터 멀리 떨어져서 네덜란드 해변, 라인 강, 베저 강, 하르츠 산맥 북쪽 등을 날았습니다.

리포터: 그러면 우리 쪽의 공중 감시가 단지 선도기를 따라가기만 했더라면, 폭격기 행렬이 남동쪽으로 출발 방향을 잡은 속임수를 간파했겠네요?

앤더슨: 확실히 그렇습니다. 공중 감시가 이루어졌다면 말이지요. 분명히 간파했을 겁니다.

리포터: 풀다 지역 남쪽에서 경로를 변경했나요?

앤더슨: 북동쪽 경로였습니다.

리포터: 계획대로였습니까?

앤더슨: 모두 다 계획되어 있었지요.

리포터: 부대장은 그와 관련해 아무것도 결정할 수 없었겠네요.

앤더슨: 선두 비행기들이 제일 앞에서 날아갔지만, 그들이 이끈 것은 아니었습니다.

리포터: 그게 무슨 뜻인지 자세히 이야기해주실 수 있을까요?

앤더슨: 그게 무슨 뜻인지 저는 말씀드릴 수 없습니다. 저는

공격 방법에 대해서만 표현할 수 있을 뿐입니다. 그들은 베테랑들이었습니다. 먼저 그들은 도시를 한 번 어떤 식으로든 "보아야 합니다." 우리는 그렇게 위치에 도착합니다. 그 말은 우리 모스키토 기들에게 먼저 남쪽으로부터 날아오는 폭격기 행렬이 보인다는 말입니다. 그러고 나면 오른편에 하르츠 산맥이 있고, 브로켄 산이 보입니다. 폭격기들은 도시 남부를 지나 일단 도시 전체를 넘어 날아가고, 경보를 듣고 산지 쪽으로 도망치는 주민들이 있는 지점에 몇 차례 연쇄 폭격을 예방적으로 행합니다. 먼저 그쪽을 봉쇄하기 위해서지요. 폭격기들은 그 후에 북동쪽 도시 출구로, 그러니까 마그데부르크 쪽으로 가는 간선도로 위로 모입니다. 그들은 두 개의 곡선을 그리며 대기 비행을 하는데, 모든 비행기가 이곳으로 와서 공습을 촘촘하게 할 수 있도록 하기 위해서입니다. 도시 남쪽이나 중심을 융단 폭격, 즉 **집중** 폭격을 하라는 명령이 내려왔습니다. 우리는 그 도시를 몰랐고 지도와 첫인상만 있었을 뿐입니다. 이 첫인상이 우리에게 이렇게 알려주었습니다. 도시 중심과 남부를 통과하는 중심 연결선이 동서 방향으로 뻗어 있고 북쪽에는 마을들이 있고 남쪽에는 산들이 있다고 말입니다. 우리는 개개 도시를 파악하는 데 너무 오래 시간을 쓸 수는 없습니다. 공습을 하고 퇴각 비행을 더 해야 하기 때문이지요. 문제는 이겁니다. 적 전투기 방어, 대공포대, 폭격의 질 컨트롤? 우리는 도시 세부를 잘 알 수 없으므로 핵심폭격 지점을 찾습니다.

리포터: 당신들에게 핵심폭격 지점으로 보이는 것을 말이지요.

앤더슨: 전쟁의 이 시점에서 올바른 공격이 무엇인지 우리는 알 수 없습니다. 그러니까 이성적인 공격 진용을 하나 선택하는 거지요.

리포터: 그게 무엇입니까?

앤더슨: 공격을 여기저기 흘려서는 안 됩니다.

리포터: 그게 무슨 뜻입니까?

앤더슨: 폭격은 도시 곳곳에 분산되어서는 안 됩니다. 그러니까 주요 연결 도로와 간선도로를 보는 것입니다. 또 제대로 불탈 수 있는 곳이어야 합니다. 당신도 알다시피 구시가지가 바로 그렇습니다. 우리가 중세 연구를 한 것은 아니지만 그래도 그런 도시가 서기 800년에 지어졌다는 것을 들었습니다. 그런 점에서 폭격 목표 지점은 우선 모서리에 있는 집들에 집중되어야 했습니다. 그렇게 봉쇄를 합니다. 최선에 대해 말하자면 모든 길 입구와 출구에 잔해 더미를 쌓는 것이지요. 거리 양쪽의 집들을 폭파시켜 흐트러트려놓으면 덫이 닫히는 것입니다. 그 뒤에는 방화용 폭탄, 막대형 소이탄 등등을 투입합니다. 그에 이어 세번째, 네번째 파도가 다시 폭발물과 방화 물질로 폭

격합니다. 항상 같은 모양의 고랑을 판다 하더라도 빗겨
가는 지점이 있지요. 폭격에 무사한 건물들은 불태우기
가 어렵다는 걸 아실 겁니다. 먼저 지붕을 날려버려야 하
고, 그다음 열린 부분에 폭발물을 투하해서 2층이나 가
능하면 1층까지 이르게 해야 하는데, 거기에 탈 만한 것
들이 있기 때문입니다. 그렇게 하지 않으면 광범위한 화
재나 불 폭풍 같은 것은 일으킬 수 없을 겁니다. 제 형은
공군 의사입니다. 상처 부위를 확장해 더 넓은 표면을 처
지하는 것과 같은 원리입니다. 이미 살이 자라고 딱지가
앉은 상처는 완치시킬 수가 없는데, 이를 딱지가 앉은,
역사적으로 자라난 도시와 비교하고 싶습니다. 그 상처
는 다시금 새로 열어서 신선한 혈관이 생기도록 하고 넓
은 표면에 연고를 발라 거즈로 그 위를 덮어야 합니다.

리포터: 먼저 온 네 파도 이후에 다시금 새로 두 차례 비행기
들이 분열 비행을 해와 폭격을 시작하고 "처치"에 들어
갔지요. 왜 그랬습니까?

앤더슨: 분열 비행을 한 것은 대공포가 보이지 않았기 때문
입니다. 대공포가 있으면 비행기들은 뿔뿔이 흩어집니
다. 그 결과 집중되지 않은 폭격이 생겨날 겁니다. 이 공
격에는 해당 사항이 없었습니다.

리포터: 제 말은, 폐허를 만들어놓고 난 후 왜 다시 두 파도가
와서 그 위를 지나갔냐는 뜻입니다.

앤더슨: 그건 통상적인 일입니다.

리포터: 그런 소문이 있습니다. 아침 9시 반에 힐데스하임 시로부터 방위사령부에 어떤 미국 대령이 민간 전화망을 통해 전화를 걸어서 이렇게 얘기했다고 합니다. 도시를 우리에게 넘기고, 탱크로 막은 길을 트시오! 그러나 시장은 거기에 있지 않았습니다. 당 지역 지도자였던 데터링이 방위책임자 자격으로 거기 있었는데 이러한 요구를 거절했다고 합니다. 그다음에 폭격이 이루어진 것이지요. 시장이 일찍 일어나서 그 요구를 들어주었더라면 도시가 공격을 피할 수 있었을 것이라는 말이 있습니다. 11시까지 마티니 교회 왼쪽 탑(남쪽에서 보았을 때 왼쪽)에 커다란 백기를 게양했더라면, 폭격기 부대들이 다시 돌아갔을 거라고 말입니다. 어떤 여성이 침대보 네 장을 이어 만든 천을 도시 중심부 또는 교회 탑으로 가져가려 했다고 합니다.

앤더슨: 쓸데없는 소리입니다. 그 시각에는 폭격기들에 힐데스하임 전투본부의 명령이 닿을 수 없습니다.

리포터: 그러나 그 소문에 무언가 진실된 점이 있을까요?

앤더슨: 전혀 없습니다. 그 대령이 전화했을 수 있다고 해봅시다. 사단 지도부, 군단, 야전군 지도부, 집단군을 거치고, 그다음 랭스에 있는 총사령부를 통해 런던으로 연락을 취하고, 거기서 직접 전략 폭격 사령부를 경유해 다시

거꾸로 제8공군에 연결하고, 그런 후 남잉글랜드 비행장에 있는 전화국에 연결된다면(게다가 더 고려되어야 할 것은 도대체 어떤 비행대대가 거기로 출격하느냐인데, 이것은 극비입니다. 첩자가 전화를 걸 수도 있는 일이니까요), 그랬다면 아마 상응하는 명령이 암호화되어 도달하는 등등의 일이 이루어져야 했을 텐데, 그러려면 여섯 시간에서 여덟 시간은 걸렸을 겁니다.

리포터: 침대보 여섯 장을 이어서 만든 커다란 백기를 마티니 교회 첨탑에 잘 보이게 매달았더라면, 연막신호를 보냈던 선두 비행기가 어떤 조치를 취했을 것 같습니까?

앤더슨: 그 위를 날고 있는 것은 하나의 거대한 기계체입니다. 개별적인 선두 비행기가 아닙니다. 커다란 하얀 침대보가 무슨 뜻이겠습니까? 속임수는 아닐까? 아무것도 아니지 않을까? 아마도 그에 관해서 대화를 나누었을 수는 있겠습니다. 뒤쪽에서 기계들이 계속 밀고 오고 있었습니다. 만약 연막신호가 없었다면, 누군가는 연막신호가 아직 터지지 않았다고 받아들이고, 새로운 연막신호를 보내거나 아니면 맨눈으로 보면서 전진했을 겁니다.

리포터: 그러나 국제적으로 커다란 백기는 항복을 의미합니다. "우리는 투항한다"라는 뜻으로요.

앤더슨: 비행기한테 말입니까? 그러면 다시 한 번 점검해봅시다. 비행기 한 대가 도시 근처에 있는 비행장에 착륙한

다고 해보지요—4발 엔진을 단 비행기에 그 활주로는 너무 짧았을 테지만요. 그리고 나서 승무원 십여 명하고 그 도시를 점령한다고요? 백기를 게양한 사람이 그 패배주의 때문에 이미 총살형을 당했으면 이떻게 합니까?

리포터: 그렇지만 그러면 정당한 기회는 사라지지 않습니까? 그렇다면 그 도시는 항복하기 위해서 어떤 일을 해야 합니까?

앤더슨: 대체 무슨 말을 하려는 것입니까? 5톤, 아니면 4톤에 달하는 고폭탄과 소이탄이라는 폭발력 강한 화물을 그대로 싣고 다시 돌아오는 것이 얼마나 위험한지 이해하지 못하시는 겁니까?

리포터: 그 폭탄들을 어디 다른 곳에 떨굴 수도 있었겠지요.

앤더슨: 숲이나 그런 곳에 말인가요. 복귀하기 전에 그러라고요. 폭격기들이 돌아오는 비행 중에 공격을 받는다고 가정해봅시다. 하노버 비행장에는 전투기가 아직 있었지요. 우리는 실제로 그들이 출격하기만을 내내 기다리고 있었습니다. 단지 백기가 보였다는 이유만으로 무거운 짐을 지고 있는 이 오리들에 대해 책임을 지고 싶은 사람이 있겠습니까? 그 상품들은 아래 도시로 떨어져야만 하는 것입니다. 아주 비싼 물건들이지요. 실용적 관점에서 보아도 고향에서 많은 노동력을 들여 생산한 것을 산이나 빈 들판에 그냥 버릴 수는 없습니다. 당신은 상부

81

에 보고할 성공 보고서에 무엇이 쓰여 있어야 한다고 생
각합니까?

리포터: 적어도 일부라도 빈 들판에 버릴 수 있었을 겁니다.
아니면 강에 버리든지요.

앤더슨: 이 값비싼 폭탄들을 말입니까? 그런 일은 비밀에 부
칠 수가 없습니다. 우리에게 도시는 전혀 아무런 의미도
없었습니다. 우리는 거기에 아는 사람이 아무도 없었어
요. 어째서 **그들**을 위해서 누군가가 음모에 관여해야 한
단 말입니까? 저라면 사격 부대에게 명령을 내려서 모두
엄호하게 하고 비행기는 왼쪽에서 접근하라고 하면서
그 포로에게는 사라지라고 말하겠습니다. 모두가 침묵
한다는 전제조건에서 말입니다. 그러나 실질적으로 그
렇게 되는 예는 없지요. 그러므로 그런 일은 일어나지 않
습니다.

리포터: 그 계획이 도입되자마자 도시는 그러니까 지워진 것
이란 말입니까?

앤더슨: 이렇게 이야기하고 싶습니다. 우리 편 탱크 선두부
대 명령권자들 휘하의 특히나 기동력이 좋은 탱크 몇 대
가 고슬라, 비넨부르크, 베르니거로데를 넘어서 대단히
훌륭하게 돌격을 하여 그 도시에 11시 30분까지 도착했
다고 하더라도 우리 폭격기 부대의 체계는 바뀌지 않았
을 것이라고 말입니다.

리포터: 그런 탱크들이었다면 조종사에게 신호를, 연막신호 옆에다가 알아볼 수 있는 신호를 보냈을 것입니다.

앤더슨: 적군이 벌이는 모략이 아니라고 누가 장담합니까!

리포터: 침착하게 접근한다면 자기편에 폭탄을 떨어뜨려 파괴하진 않겠지요.

앤더슨: "침착한 접근"이란 없으며, "의심 속의 접근"만이 존재합니다. 비행 중에 교신을 했을 수도 있겠지만, 그랬다면 아마도 집중적인 융단 폭격을 가하는 데 실패했겠지요. 그렇지만 우리 편에는 다행스럽게도 망설이는 사람이 아무도 없었습니다.

리포터: 그 공격이 미칠 영향에 대해서 상상해보신 적이 있습니까?

앤더슨: 이미 말씀드렸듯이 명확하게 해본 적은 없습니다.

리포터: 냉소적이시군요.

앤더슨: 거짓말을 하지 않을 뿐입니다. 당신에게 제가 느낀 동정심을 표현한다고 쳐도 그게 당신께 무슨 소용이 있습니까?

리포터: 전혀 없지요.

이 둘 사이에는 불쾌한 분위기가 흘렀다. 앤더슨은 리포터에게 커피 한 잔을 대접하려 했는데, 그건 이제 완벽하게 다른, 평화로운 상황이 존재했기 때문이었다. 리포터는 앤더슨의 이 제안을 거절했다. 그러나 또한 제대로 된 미움은 여기 "해변" 바 의자에 앉아서는 만들어낼 수도 없었다.

[『노이에 취리혀 차이퉁(신 취리히 신문)』통신원과 고위 참모 장교의 인터뷰] 윌리엄 볼트리시어스 기장機長의 비행기에는—그 비행기는 "더 조커The Joker"라는 이름을 가지고 있었다—1945년 4월 8일, 아이라 C. 이커의 참모였던 준장 로버트 B. 윌리엄스[47]가 같이 타고 있었다. 그는 그 공격을 참모의 시각에서 관찰하였다. 윌리엄스는 기장 조종석 뒤에 서 있다. 볼트리시어스는 이전에는 해군이었고 이야기하기를 좋아한다. 『NZZ(신 취리히 신문)』런던 통신원인 빌프리트 켈러는 비행 중에는 중립적인 지위를 포기하고 그 위험성을 인지한다는 서약서를 쓰는 조건으로 담당 부서의 승인도 없이 비행기에 올랐다.

윌리엄스(홍겹게): 보세요, 들판들이 모두 사각형이네요. 국도가 직선이고 저기 도시에 있는 집들도 사각형으로 늘어서 있고 저 사각형들이…
NZZ: 그렇지만 도시 전체는 사각형이 아니고 빈 들판으로 풀어져 나가고 있는데요.

47   로버트 B. 윌리엄스Robert B. Williams(1901~1977). 1943년부터 미 제8공군에 부임하여 B-17기를 통한 폭격을 주도했다.

윌리엄스: 그게 눈에 띄네요.

볼트리시어스는 섬뜩한 이야기들을 잘 다루었다. "그 작은 전투기가 정면으로 나한테 다가왔어. 너틀타스 병장은 전방 포탑에서 예광탄을 그 아가리에 처넣었어. 우리는 너무나 정신이 없어서 비행기 안에 조종을 할 수 있는 사람이 한 사람도 남아 있지 않다는 사실을 눈치채지 못했어. 그 전투기는 B-17기 앞으로 충돌해 들어왔고, 기체 내부 전체를 긁으면서 탈탈거렸어. 엔진 본체가 조종사석이 있는 기체로부터 떨어져 나와 우리 비행기 후미에 부딪혀 박살이 나고 프로펠러는 계속 돌아가면서 느리게 우리 뒤쪽으로 떨어졌어. 나는 옆면에 착 달라붙어 있었는데, 내가 거기 남은 유일한 사람이었던 거야. 나는 아직 돌아가는 외부 엔진으로 아프리카까지 그 빈껍데기를 끌고 가서 늦은 밤중에 내렸지. 디트로이트에서 온 차가운 맥주가 있더군."

폭격기 대열 2킬로미터쯤 앞에 2발 엔진을 장착한 쾌속 폭격기가 있었는데, "선도기Pathfinder" 역할을 하는 소위 모스키토 목제 폭격기로, 지휘 폭격기와 "보좌 폭격기," 기상 비행기였다. 그사이에 폭격기 대열이 공격용 고도, 다시 말해 대략 3,000미터 고도로 내려왔다. 기상 비행기는 공격용 고도까지 올라가 풍속을 측정하라는 명령을 받는다. 보좌기는 1,000미터 고도까지 강하 비행을 하면서 연막신호탄을 뿌린다. 이 신호들 중 하나는 잘못된 장소에 떨어진다. 도시 북쪽, 멀리 벗어난 곳에. 지휘 폭격기는 3,000미터 고도 작은 구름 위로 하강하여 반쯤 그 위에 걸쳐 있다. 그 말은 "이 연막신호는 신경 쓰지 말라"는 뜻이다.

NZZ: 저한테 융커스 비행기 공장들에 대해서 무언가 열광적으로 말씀하셨었지요. 그렇지만 그렇게 멀리 날아가면 그 공장들은 측면에 놓이게 됩니다. 왜 그렇게 하시는지요?

윌리엄스: 공습이 더 남쪽에서 이루어질 것이라고 생각했습니다. 이제 우리는 뿌려진 연막신호를 향해 날아갑니다. 먼저 비행기들이 거기에서 모이지요(그는 북동쪽 도시 출구를, 대략 마그데부르크로 가는 간선도로를 가리킨다.)

NZZ: 그러니까 결국 도시 중심부를 폭격하는 것이군요.

윌리엄스: 유감입니다만, 사기 저하용 폭격moral-bombing[48]이 될 것입니다. 당신께 주요 산업 시설에 대한 주간 폭격을 보여드리면 좋겠군요.

NZZ: 도의Moral에서 비롯된 폭격을 한다는 말인가요, 아니면

사기Moral에 폭격을 가한다는 말인가요?

윌리엄스: 우리는 사기에 폭격을 합니다. 도시를 파괴함으로써 거기 사는 주민들의 저항 정신을 없애버려야 하는 것입니다.

NZZ: 그 독트린은 그사이에 철회되었다고 들었는데요.

윌리엄스: 분명히 그렇습니다. 그 때문에 저 스스로도 좀 놀라고 있습니다. 폭탄을 사기에 명중시킬 수는 없습니다. 명백하게도 사기란 머릿속에 자리를 틀고 있거나 여기(명치를 가리키며)에 있는 것이 아니고, 사람들 사이, 다양한 도시 주민들 사이 어딘가에 존재합니다. 이미 조사된 사실이고 지휘부도 잘 알고 있습니다.

NZZ: 그렇지만 이 공격에는 해당하지 않는 것 같군요.

윌리엄스: 안타깝지만 우리가 얻은 가장 최신의 깨달음들은 신학에 대한 승리라고 말씀드릴 수 있습니다. 심장이나 머리에는 분명히 아무것도 없습니다. 어쨌거나 이는 납득할 만합니다. 왜냐하면 완전히 폐허가 된 사람은 아무것도 생각하거나 느낄 수 없거든요.

그리고 모든 대비책에도 불구하고 이 공격에서 빠져나가는 사람이라면 자신들이 불운했다는 인상을 받게 되지 않을 것이 확실합니다. 그들은 모든 짐을 직접 들고 가지만 공습 때 받은 순간적인 인상들은 아마도 거기에 놓아둘 겁니다.

NZZ: 그런 공습은, 제 생각에는 말이죠, 예를 들어 취리히에 대해서 생각해보면, 적어도 "계시"의 가치는 있습니다. "신령이 불타오르는 수풀에서 말을 하더라"라고 이야기할 수 있겠지요.

윌리엄스: 전혀 그렇지 않습니다. 우리가 20분 동안 도시 하나에 가하는 압박보다도 더 강한 **현실**의 압박이란 존재하지 않습니다. 그 사람들은 공습 순간 스스로 사기를 잃어버렸고 더 참을 의지를 잃어버렸다는 등의 이야기를 할 것으로 생각합니다. 그렇지만 다음 날에는 무슨 말을 하게 될까요? 불타버린 도시로부터 1킬로미터만 넘어가면 일상이 뻔하게 계속 진행된다면요?

NZZ: 저는 당신이 그에 대해서 어떻게 생각하시는지 알고 싶었을 뿐입니다.

윌리엄스: 장교로서 말입니까, 아니면 역사가로서 말입니까?

NZZ: 좀 사적인 입장에서요.

윌리엄스: 당신은 지금 그걸 알고 계신 건가요?

NZZ: 제가 질문을 안 드렸던가요?

[하루 전, 1945년 4월 7일 17시] 카를 빌헬름 폰 쉬뢰어스[49]에게는 항상 가능한 한 많은 일이 벌어져야 했다. 그는 강렬한 감각으로 육박해오는 공포를 모으고 다니는 일종의 전리품 사냥꾼이었다. 그들은 지평을 열었다. 지평을 연다는 말은 새

로운 혁신이라는 말과 같은 말이고 경찰 규정들 밖에서 일하고 있다는 말이고, 재앙을 막고, 모든 관계들의 굳어진 상황을 전복시키고, 누군가를 찾아서 구하고 그러면서 스스로 무언가를, 예를 들면 전리품으로 가득 찬 자동차와 트레일러를 얻어내는 사람인데, 그 전리품은 다른 누군가에게로 전달되기도 하고, 그런 보상을 받은 누군가는 기뻐하면서 바라던 물품을 그에게 내어놓게 되기도 하는 것이다.

밀은 우썩 자란다.[50]

카를 빌헬름은 징발된 자동차를 커다란 밀짚 더미 옆에다 세워두고, 곡물창고 밖에 열병에 걸린 두 사람이 누워 있는 것

49   〔원주〕 대성당 부속 중고등학교에 다녔고, 16세에 전쟁 징집 연령이 되어 떠났다. 서부전선 원정을 갔고, 1941년 겨울에 러시아 르제프 지역이 포위된 상태에서 부상당해 야전병원에 머물렀다. 슈바르츠발트에서 군사 의무감이었던 삼촌이 뻗친 보호의 손길로, 아직 회복기 환자이긴 하지만 할버슈타트에 있는 예비군 야전병원의 야전 의사로서 도시의 모든 포로수용소 위생 관리 임무를 받았다. 엘뤼지움 호텔(뒤섞인 국적의 포로), 곡물 창고, 자르크슈테터 벡 거리(영국계 포로)가 그곳이다.

50   〔콤브링크〕 신학자이자 교회 찬송가 시인이었던 파울 게르하르트Paul Gerhardt(1607~1676)의 여름 찬송 〈나의 마음에서 떠나 즐거움을 찾으라〉(1653) 중 한 소절. 〔옮긴이〕 이 찬송에는 생명력 넘치는 자연을 묘사하는 내용이 담겨 있다. 본문 인용은 폰 쉬뢰어스의 행동과 마음가짐을 묘사하기 위한 것으로 보인다.

을 보는데, 보병 사수들이 몇 미터 거리를 두고 이들을 관찰하고 있다. 보병 사수들은 그 비참한 포로들 옆에 구덩이를 파서 그 안에다 배설하게 한다. 폰 쉬뢰어스는 잠시 이 열병에 걸린 포로들을 조사해보고는 이들의 상태가 심각하다는 인상을 받는다. 둘은 티푸스에 걸린 것처럼 보인다.

밤에 그들은 여기 밖에서 누워 지내야 합니다, 내부에 격리할 곳이 없습니다, 그가 말한다. 안 됩니다, 보병 사수들이 대답한다. 그러면 열병에 걸린 사람들에게 좋지 않습니다.

밤에 밖에서 보초를 서는 것은 보병 사수들의 늙은 무릎에도 역시 좋지 않다. 지역 의사가 결정을 내리도록 연락을 취해야 한다. 그렇지만 제발 빨리 좀 하십시오, 보병 사수들 중 하나가 말한다. 임시로 당신들 중 한 명이 거기 그들이 계속 누워 있는지 살펴보는 것으로 충분할 겁니다. 이런 상태로는 도망칠 수 없을 겁니다. 네, 그렇게 하겠습니다. 그리고 나무 판자로 그 구덩이를 가릴 틀을 만드시오, 쉬뢰어스는 명령한다. 네, 명령대로 하겠습니다.

그것은 중요한 일이다. 이 순간 추가로 엄청나게 강한 폭발음이 들린다. 검은 폭발 구름이 중앙역 방향에서 피어오르는데, 쉬뢰어스는 즉각 그쪽으로 가야겠다는 느낌을 받는다. 공습경보가 벌써 한 시간 반 동안 지속되고 있다.

이런 경우 그에게 특별한 힘이 부여된다. 폰 쉬뢰어스는 이제 차량의 진행 방향을 무시한 채로 도시를 신속히 통과하고, 위험으로 가득 찬 하늘 아래로 차를 몰고 갈 권한이 있다. 군의관이 투입되어야 하니까. 파괴의 용광로인 중앙역/제국 철도수리공장 주위에는 전문 인력과 구조 인력들이 있다. 그는 역 주변 호텔을 찾아서 구조 차량을 추가로 보내달라고 전화를 건다. 잠시 후에 회색 머리를 한 작은 체구의 악당인 지역 의사 마이어 박사와 전화 연결이 되는데, 그는 박사에게 티푸스 의심 사례 두 건과 중앙역 근처 재난 지역에 대한 직접 보고를 올리며 탄약을 실은 기차가 폭격기의 폭격을 맞아 파괴되었다는 정보를 "물어다 준다." 완전히 엉망진창입니다, 그가 말한다. 부상자나 사망자는?─예, 아주 많습니다. 중앙역 호텔 주인은 그에게, 경보 해제요, 라며 커다란 잔에 든 파스브라우제를 건네는데, 맥주같이 보이지만 탄산이 부글거리고 사과 주스 맛이 난다.

　도시에 비축품이 가득하다. 재난의 상처가 중앙역 근처에 국한된 덕택에 도시가 온전하게 남아 있음을 알아차리게 된다. 적군이 없는 하늘에서 Me 109[51] 여섯 대가 저공 비행을 하고 있다. 한참 멀리 떨어진 곳의 폭발들로 인해 깨져나가지 않도록 도시 곳곳 창문들이 예방 차원에서 열려 있으며, 전화망도 온전하고, 당의 하부 조직들도 움직이고 있으며, 역 근처를 살피는 공군 장교들과 보병 병영 장교들도 있다─모든

51　　〔콤브링크〕 1인승 전투기 메서슈미트 Bf 109.

것이 온전하고, 풍부하다. 18시경이 되자 근육의 힘과 피의 순환이 가장 활동적이 되어, 시험 삼아 100미터나 3,000미터 달리기를 해보거나 여름 야외 수영장에서 다이빙을 할 수도 있을 것 같다. 폰 쉬뢰어스는 기질적으로 항상 호기심이 두려움보다 강했는데, 상상력의 부족에서 기인한 것은 아니었다. 그의 눈은 오직 이 호텔, 베어슈테터 다리의 일부만을 보고 있지만—파괴된 선로는 전혀 보지 못했으며, 어쩌면 집 몇 채를 더 보았을 수도 있다—그는 도시 전체를 상상하고 있다. 그는 이것이 마지막으로 의식적으로 바라본 온전한 도시 이미지였다는 것을 아직 알지 못한다. 그가 이를 알았더라면 어쩌면 더 많이 담아두고자 했을 텐데. 내일 아침 11시경에 시청으로 오시오, 나는 도시 방위사령부에 있겠소, 그때 나에게 그 의심 사례들에 대해서 보고하시오, 지역 의사 마이어가 말한다. 그는 일을 만들어낼 가능성이 있는 새로운 사건은 거부하려는 성향이 있다. 도시 방위사령부라고 불리는 것은 계속 통제되고 있구나, 쉬뢰어스는 명령을 받고 이렇게 결론을 내린다. 이 도시는 "최후의 결전"을 준비하고 있다. 거기에는 제법 끔찍한 일들이 잘 숨어 기다리고 있을 것이다.

[4월 8일 11시 29분, 도시 방위사령부, 시청, 힌터 데어 뮌체 거리 쪽 뒤 입구] 폰 쉬뢰어스는 일찍 그곳에 도착한다. 콘크리트 기둥으로 지탱되는 계단을 내려가 방위사령부로 들어

간다.

　그는 사령부가 기술 장비를 좀더 갖추고 있는 곳일 거라 상상했었다. 초록색으로 칠해진 지하실 공간으로, 중세 시대의 아치형 궁륭 아래 일부는 중앙 전화교환국으로 쓰이고, 작전용 테이블, 스탠드 램프와 1인용 소파들이 있는데, 거기에 데터링,[52] 라우흐하우스,[53] 크라이나허,[54] 메르텐스,[55] 부르팅어[56]가 앉아 있었다. 지역 의사인 마이어 박사는 서둘러 쉬뢰어스에게 다가온다. 마이어는 작은 체구에 활기가 넘치는 "로마인 같은" 사람이다. 회색 머리칼 위에 철모를 쓰고 있다. 그는 흥분해서 외친다, 겨우 빠져나왔네, 도시가 폭격을 당했어. 밖에 무슨 일이 있는 건가?

　실질적으로 못 들은 척 넘길 방법이 없었다. 벽 모서리에 설치된 스피커로부터 방공보초가 말하고 있다. 1인용 소파에 앉은 **도시 방위 책임자**들은 벌떡 일어나서 작전용 테이블 주위로 모여든다.

　그걸 좀 벗어두십시오, 폰 쉬뢰어스가 지역 의사에게 말한다. 거추장스러울 것 같습니다. 천장이 내려앉는다면 별 소

52　〔원주〕 지역 지도자, 도시 방위 책임자, 재해 대책 담당.
53　〔원주〕 마을 집단지도자, 국가사회주의 자동차군단 지도자, 당의 방공 책임자.
54　〔원주〕 돌격대 지도자, 작전 지도자, 데터링의 참모.
55　〔원주〕 시장, 지역경찰서장, 방공 책임자, 행정법률가.
56　〔원주〕 대령, 할버슈타트 수비대의 가장 오랜 경력의 책임자.

용이 없을 겁니다. 여기 문 보강재 아래에 계시면 훨씬 더 안전하실 겁니다, 아치가 보호해줄 테니까요. 천장이 무너질 때 유일하게 그대로 서 있을 겁니다. 지역 의사가 대답한다, 당신은 티푸스 의심 사례에 관해서 이야기하려고 했소. 어쨌거나 당신 의견으로는 이게 개별 목표물에 대한 공격이라고 보시오, 아니면 전체 도시에 대한 공격이라고 보시오? 마이어는 철모를 벗어 헝클어진 회색 머리를 드러내며, 정확하게 입구 문 보강재 아래, 즉 500년 된 돌덩어리들 아래로 다소곳이 와서 이 남자 옆에 선다. 소위 티푸스 사례들에 대해 내게 보고하시오, 그가 고집스레 말했다. 폰 쉬뢰어스는 지금 당장 대화를 해야 할 이유가 없다고 보았다. 전날 그가 내린 진단이 마치 과장된 것인 양 마이어가 몰아붙이는 것에 화가 났다. 현재로서는 사건들 자체가 과격하게 치닫고 있어서, 마이어가 보이는 조심스레 거부하는 태도는 무시하기 쉽다.

폰 쉬뢰어스는 이 아래로 바깥 소식들이 전달되지 못하고 있는 상황을 참을 수가 없어서 지하실 계단 쪽으로 난 방공호 철문을 열어젖히고 서둘러 올라가서 시청사의 르네상스식 돌출 창, 푸크시아가 네 줄로 담긴 화분들, 은빛을 반짝이며 대형을 이루고 오는 적군기 한 무리를 보게 되는데, 그들은 베어슈테트에서 도시 쪽으로 날아와 고도를 떨어뜨리고 있다. 거의 그의 바로 위에 연막신호가 터진다. 폰 쉬뢰어스는 지하실로 돌아선다.

가까운 곳이 연달아 공격받는다. 지하실 동쪽의 교차 궁륭에 구멍이 생긴다. 폰 쉬뢰어스의 위치에서 연기와 하늘을 볼 수 있고, 톱니 모양으로 터진 구멍도 볼 수 있다. 마이어는 여전히 문 보강재 아래에 서서 쉬뢰어스를 붙잡는다. 폰 쉬뢰어스는 알고 싶은 욕망과 삶에 대한 욕망이 너무 커서 자신이 어쩌면 무언가에 맞을 수도 있다고 여기지 않는다. 바닥에 엎드려 있는 메르텐스, 데터링, 부르팅어와 그들의 부하들은 무언가 의논을 하더니 전화 교환수들과 함께 열려 있는 방공호 철문으로 뛰쳐나간다. 방공방위사령부는 공습이 벌어지는 한가운데 바서투름 거리에 있는 대피 시설인 헤파타[57]의 집으로 이전되었다. 어느 전화 교환수가 쉬뢰어스에게 그에 대해 귀띔해준다. 그는 새로운 장소에서도 아무것도 방어할 수 없을 것이라고 확신한다.

[국방군사령부 고위 장교로부터의 전화]

긴급 통신으로 분류되는 "번개"는 나중에는 별 소용없게 되지만, 장성급 대령 쿨라케는 이를 이용해 "지휘용 대화"의 권한으로 어떻게든 마그데부르크까지 연결을 뚫었고, 그러자

---

57   헤파타의 집은 개신교계 지체장애인 교육 시설로, 헤파타Hephata는 히브리어로 "열려라"라는 뜻을 가지고 있다고 한다. 실제로 당시 할버슈타트에서 공습 후 온전하게 남은 소수의 건물 중 하나였다.

전화 교환수는 그를 위해 여러 번 전화 연결을 시도한 끝에 크로펜슈테트, 그뢰닝엔, 에머스레벤, 슈바네벡 지역망으로, 그리고 다시 거꾸로 겐틴, 오셔스레벤으로 연결했다가, 더 멀리 남쪽, 결국 크베들린부르크로 연결을 해주었다. 할버슈타트 전화국은 연결이 되지 않았다. 대령은 부대가 오셔스레벤에서부터 진입하도록 명령을 내렸다. 그들은 아마도 베어슈테트에 다가가고 있었을 것이다. 민간 전화선 연결은 거기까지였다. 군용 전화선은 크베들린부르크까지 온전했다. 대령은 여전히 할버슈타트에 무시무시한 폭격이 벌어졌다는 사실 말고는 더는 들은 바가 없었다. 그러나 그것은 공중 상황 보고로 알게 된 것이다.

클라인 크벤슈테트에 있는 전화 교환수는 "도시 위로 솟는 버섯 모양 연기"에 대해서 보고하였다. 그 버섯의 높이와 넓이에 대한 것은 보고할 수 없었다. 창가에 센티미터 자를 대고 측정해야 했을까?

쿨라케 대령은 린덴벡 14번지가 아직 온전히 있는지 알고 싶었다. 크베들린부르크 도시 근방에 농장이 있는 농부를 시켜 말을 수레에 매어 할버슈타트 방향으로 타고 가보도록 하였다. 만도르프에 사는 농장주였던 아르놀트 박사는 전화상으로 쿨라케에게 맹렬한 비난을 듣고, 농장 문 앞에 서서 할버슈타트에서 오는 피난민들을 기다릴 채비를 하였다. 오후가 지나면서 수많은 사람이 그쪽으로 지나갔다. 그러나 그들은 린덴벡 14번지에 대해서 아무것도 알지 못했다. 그들은 모든 것이 파괴되었다고 말했다. 추측일 뿐이지, 라고 대령은 말했다. 그는 1:200,000 축적 도시 지도를 앞에 펼치고서 피난민들을 조사하는 데 집중했고 전화 상내를 니퍼 빈 밖으로 내보내서 자세한 질문을 하도록, 즉 고폭탄 수, 폭탄이 떨어진 구덩이 크기를 묻도록 하였고, 사용된 폭탄 종류, 화재 방향 등을 미루어 판단하였다. 그것은 마그데부르크, 오셔스레벤, 겐틴에서 같이 듣고 있는 전화 교환수들에게 많은 정보를 주었다. 물론 그러는 동안 많은 전화 교환국원들에게 이 전화가 "번개"도 아니었고 "총통의 지시"도 아니었으며 대령 개인이 가장 친한 친구이거나 친척을 찾는 사적인 탐색이라는 사실이 명백해졌다. 어쩌면 그 노력 뒤에 어떤 밀애가 숨겨져 있었던 것은 아니었을지?

대령은 저녁 시간에 다섯 개 회선으로 전화를 했는데, 이 회선은 부분적으로 군사기밀 영역까지 영향을 미치는 것이었기 때문에 그가 돈을 지불해야 했다면 아마도 순식간에 가난해지고 말았을 것이다. 22시경에 크베들린부르크 교환국에 있는 명민한 전화 교환수에게 한 가지 생각, 즉 베를린/뮌헨/할레/바이마르/부헨발트 친위대 내선으로 연결해보자는 생각이 떠올랐는데, 랑엔슈타인 강제수용소, 즉 란트하우스/츠비베르게의 전화기로 연결될 수 있었다. 이렇게 전화상으로 이루어진 복잡한 대화 연결 덕에 쿨라케는 강제수용소 감독관을 통해서 할버슈타트 남쪽 동굴 안에서 누이 두 명을, 즉 린덴벡 14번지 집주인들을 찾아볼 수 있었다. 전화로 전달된 이름들에 맞는 이름을 가진 이는 없었다. 여러 차례 대답이 돌아왔다. 그들은 모두 죽었다고. 그저 추측일 뿐이지, 라고 대령은 말했다.

바보 같은 소리 마시오, 대령은 격분했다. 그는 도시 지도를 앞에 놓고 있다. 점점 완성되어가는 기록들을 기반하여 볼 때 린덴벡 지역이 화재에 휩싸였을 것이라는 보고는 그에게 매우 비개연적으로 보였다. 그러나 거기에 투하된 종류의 고폭탄이 두꺼운 금속 외피 덕에 지하실까지 뚫고 들어갔는지 여부는 확실하지 않았다. 그가 간절히 소망했기 때문인지, 아니면 전선에 퍼지는 믿을 수 없는 풍문과 싸우려 기계처럼 자신을 튼튼하게 만드는 법을 배웠기 때문인지, 다시 말하자면 그가 닳고 닳은 장성급 장교로서 오직 지도地圖만을 믿기 때문인지, 그는 마음속으로 린덴벡 14번지에서 생명의 흔적을 멀리서 전화로나마 조사하며 계속 찾아야만 한다는 생각을 점점 더 굳혔다. 한 가지 측면에서 그의 지도는—나중에 밝혀졌듯이—그를 속이지 않았다. 화재는 린덴벡 14번지 부근의 집들을 덮치지 않았는데, 아마도 투하 실수였겠지만, 그곳에 폭탄으로 인한 구덩이들이 많이 생긴 나머지, 파헤쳐진 돌무더기 들판 같은 것이 만들어져서 불을 끌어당기기 어려웠기 때문이었다.

덧붙임: 전날 있던 이 수색 작업이라는 소설이 아직 마음속에서 꿈틀대던, 이 일에 연루된 전화 교환수 중 한 명이 다음 날 점심 국방군 최고사령부에 전화를 걸어 전달하길(이는 허용되지 않은 일이었는데, 그들은 오직 전화 연결을 해달라는 요구를 받아 응대하기만 하고 직접 연결을 하거나 조사를 하는 것이 허용되어 있지 않기 때문이다), 중앙 전화교환국에 있는 파괴된 전화연결소를 통해서가 아니라 데사우 공군 지역사령부를 통해서 연결된 어떤 특정 전화선이 시청사 지하실에 있던 도시 방위사령부로 연결되었다고 했다. 전화 연결도 측정값은 그 회선이 수신자에게까지 제대로 연결되어 있음을 보여주고 있었다. 그러나 거기서는 아무도 전화를 받지 않았다. 정중히 감사를 표합니다, 그 대령이 말했다. 계속 시도해주시오.

이 두 사람이 보지 못한 것은 기술적으로 온전한 그 시설이라는 것이 4월 8일 11시 38분에 지하실이 부분적으로 파괴되면서, 비록 같이 폭탄에 맞지는 않았지만, 12미터 높이의 잔해 아래 놓여 있었고, 그것이 엄청난 양의 열기를 뿜어냈다는 사실이다. 그 아래에 아직도 온전한 기술이라는 쓰레기 가치가 묻혀 있었다. 반경 수 킬로미터 안에는 말을 할 수 있는 어떤 생물체도, 생쥐나 들쥐조차도 존재하지 않았다. 그저 기술적인 것만이 여기에 있었다. 묻혀버린 전화기가 마그데부르크, 오셔스레벤 또는 크베들린부르크에서 수신시험기로 전자적 접촉을 시도할 때 반응 신호를 보내고 있었다. 일종의 보물처럼.

[시장 거리들 주변 상황][58]

피쉬마크트 거리: 학커브로이 여관은 고폭탄에 완전히 황폐해졌지만 불이 나지는 않는다. 시장에도 더 작은 폭탄 구덩이가 있고 보도가 부분적으로 터져 있다. 베스트캄프 카페가 있던 북쪽 면, 4층짜리 건물이 고폭탄에 맞았고, 힌터 데어 뮌체 거리와 피쉬마크트 거리 사이에도 폭탄으로 인한 심각한 피해가 있다. 시청사의 피쉬마크트 거리 쪽 출구는 잔해 더미에 묻혀버리고 시청사 지하실 몇몇 부분은 고폭탄에 정통으로 맞았다. 지붕들이 훤히 열렸다. 뷔트너 백화점으로부터 왼쪽으로는 학커브로이 여관으로, 오른쪽으로는 중세식 목조 건물로 불이 번진다. 마티니플란 거리와 시청사 사이에 있는 집들이다. 15시부터는 **불 폭풍**이 인다.

홀츠마크트 거리: 공습 직후 홀츠마크트 거리, 슈미데 거리, 프란치스카너 거리는 잔해로 뒤덮였으나 여전히 겉으로는 온전해 보인다. 공습 30분 후 시청 약국인 4번지 집(슈텔츠-푸스의 집)이 실험실(뒷건물)로부터 코미세[59] 위층과

---

58   〔원주〕 Werner Hartmann, "Die Zerstörung Halberstadts am 8. April, 1945," *Veröffentlichungen des Städt. Museums Halberstadt, Nordharzer Jahrbuch II*, 1967, S. 39~54.

마찬가지로 불타기 시작한다. 슈미데(대장장이) 길드회관 지하실에 있던 이들은 고폭탄에 맞았고 이 건물은 50분 후에 불탄다. 15시 30분부터 불 폭풍에 휩싸인다.

[슈미데 거리 상황]

공습 직후에는 아직 지나다닐 수 있었으나 산더미 같은 잔해 때문에 입구들이 막혀버리고, 14시경에는 거리 전체에서 화재가 난다. 소방장 튀칠러는 13시 25분에는 아직 쾨펜 백화점에 머무르며 남은 물품들을 치울 계획을 세운다. 호프 약국의 화재에서는 빠르게 열기가 솟구친다. 우체국 건물 중앙부는 고폭탄에 정통으로 맞았고 특히 전화교환 시설이 완전히 파괴되었지만, 우체국 건물은 나중에 화재 대열에 끼지 않는다. 데렌부르크 소방대가 15시경에 호스 여덟 개로 슈미데 거리에 물을 뿌린다. 불타는 도시에서 주민들이 나갈 수 있도록 소방대는 물 골목[60]을 만들라는 명령을 받으며, 이로써 80미터 정도 되는 "물 구름"이 슈미데 거리 차로로 나온 사람들 위에 뿌려진다.

　　주민 60여 명이 쾨펜 백화점 앞에서 더 나아가지 못하고 있었는데, 17시경에 그사이 도르트문트 소방대를 통해 더 보

59　　1596년에 지어진 중세 귀족 숙소로 훗날 세관으로도 사용되었다.
60　　주된 관에 가지처럼 다른 호스들을 끼워 물을 나눠서 뿌리며 앞으로 나가는 방식.

충되어 열두 개로 늘어난 소방호스들을 가지고 (가져온 것은 전부 다 불에 뿌리라는 명령에 따라서) 물을 계속, 다시 말해 약 두 시간 동안 뿌려댔고, 그래서 코트와 옷들이 다 젖었다. 그 이후에 쾨펜 백화점 전면부가 차로 위로 무너졌고, 60명은 그 위로 올라설 수 있었다.

[대성당 광장 상황]

21번지에서 29번지까지 시가지 동쪽 집들은 부르크트레페 계단에서부터 불이 붙는다. 그 불은 "기어" 올라오고 있다. 박물관 직원인 프리쉬마이어는 소방수 세 명의 도움을 얻어 글라임 하우스[61]를 구해낸다. 도대체 어째서 우리가 이 유화 몇 개와 삐걱거리며 흔들리는 책상들을 구해내야 한단 말입니까, 하고 도와주는 이가 물었다. 여기서 중요한 것이 무엇입니까? 프리쉬마이어가 답했다, 글라임에 대한 기억입니다. 소방수들은 할버슈타트의 문화유산에 대해 알지는 못했지만 굳건히 일했다. 대성당 광장/트랭케토어 거리 모퉁이 집이 탄다. 집주인은 소방 인력을 부르기 위해 뛰어다닌다. 그녀는 도움을 주는 이에게 포크타이 거리 슈타인뤼크 정육점에서 나온 저민 고기 몇 파운드를 주겠다고 약속하며 불 꺼줄 사

---

61   할버슈타트 출신 작가 요한 빌헬름 루트비히 글라임Johann
      Wilhelm Ludwig Gleim(1719~1803)의 생가를 보존해 만든 문학
      박물관.

람 두 명을 구한다. 대성당과 립프라우엔 교회는 몇 차례 고폭탄에 맞았지만, 사람들은 이 사실을 다음 날이 되어서야 비로소 알게 되는데, 별로 흔들리지 않은 듯이 보였기 때문이었다. 비교적 커다란 탑들이 겉으로 보여수는 인상은 내내 그러했다. 바이네르트 가족은 대성당 광장에 있었다. 대성당 동쪽 합각머리에 붙어 있던 납으로 된, 페스트 희생자를 위한 십자가가 아래로 떨어져서 우리 집 문 앞에 놓여 있었어요. 숨겨 보려고 했지만, 너무 무거워서 불가능했습니다. 옛 소재로 된 값진 것이니 보통 시절 같았으면 많은 이들이 밤중에 대성당 지붕에서 아래로 끌어내려서 훔치려고 욕심을 부렸겠지요. 저도 벌써 여러 번 그 십자가에 시선을 주었었고요. 이제 여기에 놓여 있는데 옮길 수가 없네요.

[하인리히 율리우스 거리/린덴벡 거리 상황]

"특히나 고약한 방식으로" 고폭탄에 맞아 전차 선로와 보도가 터졌고 철로는 공중으로 휘어졌다. 잔해가 쌓여 생긴 제방들. 그 사이사이에 스칠라 비테 꽃 상점에서 쏟아져 나온 야자나무들, 화초 및 정원용품들이 뒤섞여 있다. 지붕 뼈대들에 횃불처럼 화염이 생기고 있다.

[이 사건들이 피아노 수업 시간에 미치는 영향]

14세 소년 지크프리트 파울리는 4월 8일 일요일까지 『노래와 소리』59페이지를 잘 연습했기 때문에 〈팔스타프의 노래Lied des Falstaff〉의 마지막 "어찌나 기쁜지, 어찌나 기쁜지, 갈망이 어찌나 나를 다그치는지…"의 어느 한 부분에서 막히거나 느려지기는 했지만, 작품의 4분의 3 이상을 교본에 적혀 있는 대로 둥글게 말아 쥔 손으로 쳐내려갈 수 있었다. 그는 이제 가능한 한 빨리 이 작품 연주를 피아노 선생님인 슐츠-쉴링 양에게 보여주고 다음 장으로 넘어가 〈클레멘티〉의 손가락 연습으로, 그다음에는 리골레토의 질다의 〈아리아〉로 빨리 나아가고 싶었다. 그 수업은 다음번 월요일 15시로 정해졌다. 그사이에 공습이 있었다. "우리 지하실에서 5미터 떨어진 곳에서 고폭탄이 터졌어요." 파울리가 이야기했다. 공습, "긴 동굴"로의 도피, 파괴된 도시로의 복귀, 피아노 연습을 하던 "신사용 방"이 있던 측면부 건물이 타서 집이 폭삭 내려앉았던 것과 같은 사건들의 연속은, 이미 손에 익은 손가락 기술이나 60페이지로 급히 넘어가고자 했던 지크프리트의 의지에는 아무런 영향도 주지 못했다. 그는 공습이 있던 날 오후 베르니거뢰더 거리에서 이리로 저리로 내달리던 주민들 사이에서 피아노 선생님을 만났는데, 그녀는 도시가 파괴된 상황을 가리키며 월요일 수업을 그대로 할 수 없다고 했다. 그러나 파울리는 자신의 파괴되지 않은 의지 때문에 그랜드 피아노가 있던 슈피겔스베르겐 벽 길 끝에 있는 저택에서 그가 열심히 연습한 작품을 오랫동안 쳤는데, 크게 눈에 띄는 머뭇

거림 없이 흔들리던 지점을 넘어 거의 끝까지 쳐냈다. 그는 이 부분에서 난해한 개별 박자만 따로 다시, 그 저택 집주인이 더는 듣고 싶어 하지 않을 때까지, 두 시간을 연습하였다.

[카를 린다우, 자이덴보이텔 8번지 거주, 난방기사, 하우프트만 뢰퍼 거리 42번지 직장에서 오는 길]

농아인을 위한 시설 앞 정원으로 몸을 던졌는데, 그곳에는 이제 쇠 울타리를 지지하던 높은 돌 주춧대밖에 남아 있지 않았다. 린다우는 거리와 정원을 완전히 파헤쳐놓은, 떨어져내리는 고폭탄들을 자기 손으로 직접 받아칠 수 있다고만 하면 그렇게 할 용기가 충분히 있었을 것이다. 그러나 "미친 듯이 질주하는 기관차 혹은 기계"에 대해서는 거의 반응을 할 수 없었다. 그래서 그는 풀이 난 바닥에 납작 엎드렸다.

나중에 그는 농아인 시설 지하실로 향했다. 그는 쓸모 있는 사람이 되고 싶었기에 난방 보일러를 살펴보았다—어쩌면 제힘으로 커다란 양동이 몇 개에 물이나 모래를 담아와 보일러 불을 꺼야 하거나 난방수 파이프를 통해서 밖으로 물을 끌어내야 할 일이 있을지도 모르기 때문이다.

그러나 드라이버와 망치만 가지고—적어도 지금은 손안에 몇 개가 있었다—수화로 대화하는 농아인들의 귀와 입을 "열" 수 없듯이, 그는 이 도구들을 가지고 다시금 접근하는 저 위 비행기들에 대항해서 아무것도 시도해볼 수 없었다. 그의 노동력이 넘지 못하는 끔찍스러운 한계가 여기 있었다. 린다우는 이전 몇 달 동안 여러 번 폭탄 해체 작업과 관련된 일에 투입된 적이 있었다. 여러 동료가 있을 때는 한 번도 두려워한 적이 없었으며 자신의 침착함과 능숙함을 신뢰했다. 그러나 현재 상황이 이미 20분이나 지속되는 가운데, 만약 그의 주변에 지반의 흔들림을 느끼고 놀라 어쩔 줄 몰라 하던 농아인들이 아니라, 그와 같은 능력을 갖추고 모든 작업 영역에서 경험을 쌓은 건장한 동료 열여섯 명이 나타났다면 더 놀랐을 것이다. 지금은 **노동이 시작될** 상황이 아니었다.

[예비군 야전병원 부상병들의 긴급 이송, 응급 조치 최고단계] 잔해가 가득 쌓인 들판을 지나 계속해서 불타는 집들 사이 한중간을 유지하며 지나던 쉬뢰어스가, 이제는 넘쳐나는 소식들에 질려버린 채, 론 거리 높이에 이른 린덴벡 거리에 다다른다. 여기서 그는 처음으로 어찌할 바를 모르는데, 경보 해제 사이렌이 파괴되었기에, 이 연쇄적인 사건들의 끝을 알릴 수 없기 때문이다(한참 나중이 되어서야 그는 당 소속 화물차와 마주치는데, 그 차에 수동 크랭크가 달린 경보 해제 사이렌이 붙어 있다). 불 붙은 곳들이 확실한 경계를 만들고 있었으므로, 그는 이제 뒤돌아 하인리히 율리우스 거리로 갈 수도 없고 린덴벡이나 론 거리로 갈 수도 없다. 그래서 그는 오래된 가톨릭 묘지, 죽은 자들의 밭을 지나가는데, 그곳은

소화용 연못 4호가 지어질 무렵에 이미 한 번 뒤엎어졌고, 현재 다시금 까뒤집혀서 폐허를 드러낸 채 완전히 달라져 있다. 그는 여기로 지나가고 싶지 않은데, 울타리 때문이라거나 땅이 완전히 들쑥날쑥해져서가 아니라 물발탄이나 시한폭탄이 있을 가능성을 염두에 두어서다. 소화용 연못은 확실하게 폭탄에 맞은 것으로 보였고 다 말라 있었다. 폰 쉬뢰어스는 질퍽질퍽한 무덤들의 진창을 건너, 카피톨 영화관의 잔해에 올라서고 나서야 비로소 발이 다시 딱딱한 바닥에 닿는다.

호엔촐러른 거리의 그가 아버지 집이라 부르던 집의 지붕 뼈대와 3층은 불에 타고 있다. 비스마르크 광장에 있는 소화용 연못 물은 아직 이용할 수 있지만, 펌프 기계가 없다. 그는 가구와 침구류 및 아버지의 진료실에 있던 기구들을 거리로 끌고 나와 커다란 쪽지를 작성해서 물품에 붙인다.

그는 분명 크베들린부르거 거리의 지역 야전병원에 신고해야만 한다. 야전병원은 화재에 대비해 남쪽 방면을 소방차 몇 대가 방어하고 있다. 고위 의무장교인 에렌부르흐와 폰 쉬뢰어스는 구조된 부상자들을 군용 구급차들에 태운다. 수송편은 클루스 산지로 향하고 비행기 날개 생산이 이루어지던 동굴 입구 앞에서 멈춘다. 몇몇 구석에서 조립 기사들이 여전히 기계를 작동시키고 있다.

부상자들을 어디에 내려놓으면 좋을까요, 장교님? 수송장교가 묻는다. 도구들을 놓는 함이 눈에 띄는데, 꽤 차가운

침대가 될 것이다. 그것들은 관을 연상시킨다. 그래서 폰 쉬뢰어스는 차라리 부상자들 여덟 명을 각각 길게 순서대로 동굴 안에 뻗어 있는 융커스 Ju-52 수송기 날개들 위에 눕히도록 하면서 장소 문제를 해결하고자 한다. 거기서 서로 이야기도 나누고 서로에게 더 가까이 붙어 있으면 따뜻하게 체온도 데울 수 있을 것이고, 인원도 명확하게 셀 수 있을 것이다. 이불 또는 깔개가 없는 문제는 해결되지 않는다.

폰 쉬뢰어스는 이제 급히 엘뤼지움 호텔로 가야 한다. 그가 보건 의무를 떠맡게 된 포로들이 거기서 도대체 생존해 있기나 한 것인지 전혀 알 수 없었기 때문이다. 폰 쉬뢰어스는 군용 구급차를 타고 크게 우회하여 랑엔슈타인과 기사령이었던 만도르프 지역을 지나 도시로 진입해 엘뤼지움 호텔로 급히 들어간다. 중상자 열두 명과 사망자 두 명, 그리고 나머지 사람들이 조리용 솥 두 개를 둘러싸고 모여 있다. 그는 간호사들에게 가장 심각하게 부상당한 자에게 주사를 놓도록 해서 잠시 그들이 조용해지게 한다. 새로운 일에 관심이 많았던 폰 쉬뢰어스에게도 너무나 많은 일이었고 그는 사건들의 연쇄를 시간적으로 늘여놓고 싶었다.

[적십자 겸 국가사회주의 국민복지부 원장의 출동] 그는 하르덴베르크 거리에서 방어사령부가 있는 헤파타의 집까지 길을 뚫듯 돌진했다. 저기 민간 구호대가 오는군, 부르팅거

대령이 말했다. 데터링은 그에게 전혀 시선을 주지 않았다. 이때가 13시경이었으니 한 시간 반 늦은 것이었다. 당신들 차와 부하들은 어디에 있습니까? 그들은, 그가 이쪽으로 오면서 말했다, 제가 공습 중에 퀼링어 서리의 집을 떠나 비행기의 추격을 당하면서 곧장 하르덴베르크 거리 18-20번지로 왔는데(이 사실은 여기서 인정받지 못했다), 그 후 살육을 피하지 못했습니다. 오직 그만이 살육을 피할 수 있었던 이유는 그가 목표 지점 20미터 앞에서 아스팔트 바닥에 엎드려 하수구 뚜껑을 옆에 두고 있었기 때문인데, 적십자 출동 센터에 폭탄이 정통으로 떨어지는 것을 직접 볼 수 있었다고.

공습경보 시간에 후이 언덕으로 투입되어 가던 차 한 대만 예외였고 그 밖의 차량이나 사람은 하나도 살아 나올 수 없었습니다, 라고 그가 말했다. 그 한 대는 어디에 있습니까? 그는 장소를 대지 못했다. 그는 그저 자발적인 구호자들이 이 재난 시기에 어디서든 구호에 참여하고 있기를 바랄 뿐이라고 했다. 그는 이런 자발적인 인력 투입을 사후적으로나마, 적어도 활동 보고만이라도 할 수 있도록 중앙화하기 위해 도보나 자전거로 이동할 수 있는 사환, 예를 들면, "소년 단원"을 요청하였다. 그는 강하게 거부당했다. 당신은 미쳤소, 시장이 말했다.

그는 크던 작던 책임이 뚜렷한 자를 찾아내려고 하는 이 "상호 파괴적인 임시 막사"로부터 벗어났다. 플란타주 공원

1번 구호소에서도 그는 환영받지 못했다. 들것 위에 놓이거나 담요에 덮인 중상자들이 밖에서 한가득 기다리고 있었다. 당직 중인 의사들과 위생병들은 그들의 수장을 물어뜯듯이 쫓아냈다. 그는 베게레벤까지 업무용 자전거로 갔는데 그곳에서 크베들린부르크로 전화를 연결할 수 있었고 "그날의 유일한 이성적인 명령"을 내린다. 구조대원과 의사들, 구동 가능한 모든 구급차들을 12번 제국 국도를 통해 보내시오. 나는 베게레벤 분기점에서 수송 대열을 기다리겠소. 18시경에 수송대가 마을을 통과했다. 저녁이 되자 헤파타의 집과 1~4번 구호소는 수많은 인력으로 넘쳐서 더는 어디에도 자리가 없을 정도였다. 만도르프에서 자원 구조대원 여든일곱 명이 차량 열두 대를 타고 왔고 잼이나 버터를 바른 빵과 미리 끓인 커피를 담은 주전자를 가져왔다. 원장은 이 부대에 그뢰퍼슈트라세의 4번 구호소에서 나와 도시 어귀 장소들로 가도록 명령을 내렸다. 가시적인 성과들이 쌓여 있었지만 밤 1시에 무능력을 이유로 그의 해임을 명하는 명령서가 도착하는데, 날짜는 오후 시간으로 되어 있었다. 순전히 좋은 의도에서였지만, 그가 결정적인 실수를 저지르고 말았다는 것인데, 그가 도움을 구하러 가기보다는 헤파타의 집에 머물렀어야 한다고 했다. 그가 부재한 시간 동안 이 개인의 어깨에 모든 책임이 얹힌 것이었다.

[소방대 투입]

저는 쾰른 직업소방대 장교로 여기에 배치되었습니다. 할버슈타트 소방대, 데렌부르크와 베게레벤의 자원봉사 소방대뿐만 아니라 마인 강변의 하나우와 도르트문트에서 실수 중에 붙들린 직업소방대 일부도 제 담당입니다. 이 모두는 바서투름 거리의 헤파타의 집 명령 계통에 연결되어 있으며 공습경보가 울리고 도시에서 이곳으로 왔으며, 이들은 일단 집결한 후 13시 이후부터 제 명령 아래 투입되었습니다. 전체 인력을 일단 도시 출구들에 붙들어두고 **무엇이, 어디서, 어떻게**라는 정보와 불이 타오르는 방향에 대한 **올바른 정보**를 어느정도 얻기 전까지는 소방대를 투입하지 **않는** 것이 좋습니다.

그러나 신경이 날카로워진 시장, 도시 법률가, 당 대표부 등등을 마주해서 이 접근법을 고수하려고 해보십시오. 그 때문에 한꺼번에, 다시 말해 일격을 가한다는 기본 원칙과는 완전히 반대로 표면 화재에 대한 공격이 너무 일찍 벌어지게 되었습니다.

감상주의적 태도를 버리고 처음부터 전문적으로 주요지점으로 나아갔더라면 제 소견으로는 데렌부르크 소방대가슈미데 거리에서 벌인 조치는 마티니플란 거리나 홀츠마크트 거리까지 추진될 수 있었을 겁니다. 그랬다면 정말로 흥미로웠을 텐데요, 왜냐하면 분산된 형태로 이루어진 그 소화 조치가 빠른 속도로 정체되어버렸기 때문입니다. 그러나 주요 지점에 집중했더라면, 어쩌면 15시까지는 아니더라도, 글쎄요 14시 30분이라고 합시다, 인력을 다 동원했더라면, **쿨크**나 **모스하케**에 있는 이들을 빼더라도, 그렇게 집중했더라면 아마도 불을 나누어놓을 수 있었을 겁니다. 굴뚝 효과를 항상 염두에 두어야 합니다. 불 공기 기둥이 12킬로미터 높이까지 치솟으면 바닥 근처의 차가운 공기를 빨아들이기 시작하고 일종의 굴뚝을 형성하게 되는데, 그것을 공격해야 했던 것입니다. 이는 **언제나** 가망성 없는 일입니다.

홀템메 하천, 쿨크 도랑, 토어타이히 연못, 실내 수영장, 소화용 연못들이 수원지였습니다. 성공적이었던 쿨크 광장의 작업조는 밤에 결집해서 한 시간가량 실내 수영장에 있었는데, 거기는 아직 무릎 높이 정도로 물이 남아 있었습니다. 그 남자들은 그 더러운 수프 속에서 한동안 뒹군 이후에 **빠른** 속도로 다시 투입될 수 있었는데, 그래도 무언가 **누릴** 수 있었기 때문입니다.

주정酒精 공장은 제가 그 남자들에게 마실 것을 공급할 필요가 있다고 미리 판단했기 때문에 화재에서 보호되었습니다. 곡식 창고는 그와 상황이 완전히 달랐는데, 불길이 가로 뛰기를 하듯이 살바토르 병원 방향으로 옮겨 갈 뻔했습니다. 약간만 동풍이 더 불었더라면 큰 재앙이 일어났을지도 모릅니다.

물론 저는 극장을 구할 수도 있었을 겁니다. 일단의 소방

차량들이 극장 쪽으로, 특히 브라이텐 토어로부터 위협을 받고 있던 뒤쪽으로 갔는데, 그곳에는 불에 잘 타는 제식 도구들, 모루들, 용 모형, 나무 연장들, 집이 그려진 판넬 등이 보관되어 있었습니다. 거기에서 분명한 결성을 내렸습니다. 이것들을 타도록 내버려두어야 한다고 말입니다. 저는 그 남자들을 단순한 이유에서 더 작게 흩어놓을 수 없었는데, 소방대가 작은 무리가 되면 어디서도 제대로 돌아가지 않기 때문입니다. 소방 작업에 뛰어들게 하려면 다른 이가 일하는 것을 보아야 하고, 그들이 큰 집단으로서 스스로 싸워 이겨낼 수 있다는 인상을 받아야 합니다.

아마도 당신은 전문적 일이라 제대로 이해하지 못하실 것 같네요. 전문성에 대해 이야기하자면, 우리는 함부르크, 다름슈타트, 쾰른에서 있었던 광범위하게 펼쳐진 화재를 통해 전문적으로 성장을 하게 되었고, 훈련 과정에서 이에 대한 정보를 교환하였습니다. 그 불은 제가 아주 철저하게 다시 꺼보일 수 있습니다. 만약에 정말로 확실한 인력들하고 함께, 그러니까 여섯 개 내지 여덟 개 대도시에서 온 직업 소방수들과 함께, 정확히 불 폭풍이 생기기 직전 시점에 공격을 시작할 수 있다면 말이지요.

그러나 우리는 실질적으로 이 "유일하게 운때가 맞는" 시점에 전혀 아무것도 할 수 없습니다. 소방수들이 가라고 명령받은 지점에 있지 않거나 일부는 길을 잃거나 또는 너무 이른 시간에 가망도 없는 불타는 올가미 안으로 보내지거나 하는 등의 일이 벌어지지요. 우리는 물리학자들입니다, 사람들은 우리가 그렇게 일하게 놔두지 않지만요. 우리가 전문 지식을 가지고 활약하기 위해서는 폐허 방향, 폭발 충격도 분류법, 불씨 낙하 방향, 바람 방향, 건물 전면 붕괴 방향, 건물에 남겨진 물건들의 화재 가능성에 대한 수많은 개별 정보들을 알아야만 합니다. 한 도시 전체가 전소한 열여섯번째 화재 참사 이후에 국민과 행정부가 무언가를 배웠더라면 확실히 그렇게 할 수 있었겠지요.

우리가 도시 지도만 들고 많은 것을 시작할 수 있다고 생각하시면 안 됩니다. 오히려 더 필요한 것은 새로 개조된 공간의 화재 가능 물품표, 방화벽의 설계도, 건물 자재로 쓰인 돌의 연도 측정값입니다. 이 전쟁에선 이런 것이 더 이상 가르쳐지지 않지요.

제가 극장에 대한 것을 어떻게 아냐고요? 제가 거기를 지나갔고, 무대용품 같은 것들을 살펴보고, 강력한 손전등으로 빈 좌석들을 살펴봤기 때문입니다. 저는 또한 코미세 1층에도 있었고 시의 문서고를 보았습니다. 그렇게 저는 이 도시들에서 도시의 소중한 자산들을 살펴보고 작별을 고하고 보물의 가치를 확인한, 말하자면 마지막 인물이 되었습니다. 저말고는 아무도 저 자산을 그렇게 전체적으로 조망해보는 사람이 없었는데, 주민들은 각자 자기 소유물을 챙기느라 바빴기 때문이지요. 저는 어느 정도는 시장님과 당, 공군 지역사령부, 주민들을 대표해서, 공습 이후에도 본질에 있어서는 아직도 거기에 남아 있던 도시와 작별을 고하고 화재가 번지도록 그냥 놓아누었습니다. 수요 지점에 집중 조저를 할 수단이 충분히 조직되지 않았으므로 그 화재에 맞설 수 없다는 것을 알았기 때문입니다.

[소시지 껍질 2첸트너]

사업가 티트만은 적군의 마지막 은빛 패거리들이 날아가버리자마자 곧장 자신이 크베들린부르거 거리 저장고에서 꺼내 쉬첸 거리로 이송한 2첸트너(약 100킬로그램)의 소시지 껍질 보관 장소에 집중했는데, 이 저장고는 손수레로 마지막 짐을 밖으로 꺼내어 놓은 후 곧 불길에 휩싸여버렸다. 그녀는 "특별 비단 창자"라고 불리는 합성 물질로 만들어진 창자 비슷한 이 소시지 껍질에 매우 집착했는데, 금요일에 제국 마르크에 아직 로스팅하지 않은 커피 원두 5파운드를 더 주고 샀던 것이었기에, 그 원두들이 다 타버렸다는 사실을 알았다면 매우 놀랐을 것이다. 그녀는 민다기보다는 들어올리는 식으로 움직여야 했던 손수레를 한꺼번에 세 개씩 아홉 번이나 끌고 불이 난 길을 지나 쉬첸 거리 12번지 뒷마당과 지하실 곳간으로 옮겼다. 피곤한 일이었으나 그 창자들은 진짜 소시지 고기를 싸는 껍질 대략 6,000개를 의미했고, 그녀가 다시 물

115

물교환을 할 때 적어도 소시지 200개로 교환할 수 있었다. 그녀는 매우 고약한 냄새가 나는 상자들을 맹꽁이 자물쇠 다섯 개와 밤에 지하실 곳간을 지킬 셰퍼드 한 마리로 단속해놓았다. 이것들은 암시장 물건이었고, 몇 주 후면 다시금 훨씬 보관하기 쉬운 다른 암시장 물건이 될 것이었다.

[태양이 그림자도 거의 없는 "도시" 위로 "무겁게 짓누른다"]
며칠이 지나자 잔해로 뒤덮인 땅과 온통 폐허가 되어 지워져버린 거리 위로, 길들이 예전에 연결되었던 방식과 얼추 비슷하게 사람들의 발길을 따라 흐릿하게 그어진다. 눈에 띄는 것은 폐허의 공간 위로 드리운 정적이다. 지하실들에 아직도 불길이 살아 있어 석탄고에서 석탄고로 끈질기게 땅 밑에서 이동해가고 있기 때문에 이 지루한 모습은 거짓이다. 꿈틀거리는 짐승 떼. 도시 몇몇 구역에서는 고약한 냄새가 난다. 시신 수색대가 일하고 있다. 불에 탄 것에서 나는 강력하고 "조용한" 냄새가 도시를 뒤덮고 있지만, 며칠이 지나면 "익숙하게" 느껴진다.

"우리는 어떻게 산업의 역사와 지금까지 형성되어온 객관적 산업이라는 존재가 인간의 의식이라는 힘들을 보여주는 펼쳐진 책이 되며, 감각적으로 눈앞에 제시되는 인간의 심리가 되는지 알게 된다…"62

62   [콤브링크] 카를 마르크스의『경제학-철학 수고Ökonomisch-
        philosophische Manuskripte』에서 나온 인용이다. Marx-Engels-
        Werke, Bd. 40, Berlin, 1968, S. 465~588. 위의 인용은 S. 542~543.
        [옮긴이]「경제학-철학 수고」에서 특히 사회와 개인, 물질과
        정신, 인간과 자연 등 기존의 이분법이 얼마나 취약하며 어떻게
        반대항들이 서로를 반영하며 통하는지 설명하는 부분으로
        클루게가 표현을 일부 변형하여 인용하고 있다. 한국어판은 칼
        마르크스,『경제학-철학 수고』, 강유원 옮김, 이론과실천, 2006,
        138쪽 참조.

다른 별에서 온 방문객

5월 말에는 제임스 N. 이스트먼 주니어라는 방문자가, 훗날 알라바마 맥스웰 공군 기지의 '알베르트 F. 심슨 역사 연구센터'를 창설하는 영관급 장교단의 의뢰를 받아 할버슈타트에 왔다. 그는 기초적인 심리학 연구를 위한 자료들을 모으기 위해 "공습에 참여한" 모든 도시를 찾았다. 시장실의 연락장교가 그를 민간 담당 부서에 소개해주었고 그는 "사람들의 혀를 풀어놓기 위해" 구호물자를 가지고 왔다.

그러나 그럴 필요도 없었다. 사람들은 모두 꽤나 기꺼이 이야기를 했다. 그러나 그는 실제로는 그 모든 것을 이미 알고 있었다. 그는 이야기가 어떻게 진행되는지 알았다. "우리 아름다운 도시가 완전히 파괴되어 흙으로 돌아가버린 그 끔찍한 날에…" 등등. 의미를 찾는 깊은 생각들, "전형적인 형태의 경험 보고들," 그는 사람들의 입에서 나오는 이런 어느 정도 공장에서 찍어낸 듯한 빈말들을 이미 퓌르트, 다름슈타트, 뉘른베르크, 뷔르츠부르크, 프랑크푸르트, 부퍼탈 등에서 들었다. 구호물자를 받기 위해서 이야기를 한 것이었을까? 그는 어느 저택에 머물렀는데, 이 저택은 군사 관계자들만 출입 가능한 슈피겔스베르겐 벡 길에 있었다.

아, 당신은 4월 8일에 저 위에 계셨습니까? 거기서는 도대체 어떻게 보이던가요?

그는 증오의 감정을 끌어내길, 그를 전선에서 마주친 적으로 대하는 어떤 반응을 마주하길 기대했다. 그가 질문을 던진 그 주민은 그에게도 공습에도 적대감을 보이지 않았다.

그들은 파괴된 곳을 빙 둘러 먼지 나는 비참한 지역에, 마치 말라버린 호숫가에 정착하듯이 살림을 꾸렸다.

그러나 모든 것에 어떤 슬픔의 분위기가 감돌고 있었다. 이런 답이 나왔다. 미국에 이민을 가고 싶냐는 질문에는 82퍼센트가 매우 기꺼이 그러고 싶다고 대답했다. 언제 그것이 가능할까요? 장난치시는 거지요. 절대 불가능합니다. 명백한 것은, 어쨌든 모든 것이 변화한다면 그 변화를 신속히 진행시키고 싶어 한다는 사실이었고, 그래서 그들은 떠나고 싶은 것이었다.

재건하려는 시도는, 심지어 물자들이 있음이 명백함에도, 확인할 수 없었다. 도시에서는 파괴된 기초 벽 위에 1층 지붕을 덮으려는 시도가 총 여섯 번 있었다. 이 경우는 모두 상류 중산층이었다. 하류 중산층과 하층민들은 건축 의지를 지닌 어떤 시도도 하지 않았다…

그의 연구들은 이런 불필요한 폭격이 끊임없이 복수를 생각하는 끈질긴 적들을 만들어낼 것이라는 가정에서 출발하였고, 따라서 베르사유 조약적 사고방식의 재판再版이 만들어지게 될 것이며, 이를 연합국의 전후 정책이 염두에 두어야 한다는 것이었다. 이 가정은 증명될 수 없었다. 혹시 그가 케이크 한 조각을 더 들고 싶은지 피질문자가 물었다. 네. 이 여성에게는 에머스레벤에서 온 케이크가 있었다.[63]

피해를 당한 이들에게 모든 일을 기꺼이 다시 겪어낼 수 있는지 묻는 것은 너무 어리석었지만, 이 질문은 **거짓말 측정값**으로 삽입된 것이었다. 피질문자가 자살을 할 생각이 있는지? 정말 그런 일이 일어날지 여부는 아무도 알 수 없지요. 자

---

63 〔원주〕그때 그는 보다 심층적 행위를 어떻게 측정하는지 알게 되었다. 값진 것들, 예를 들면 쥐덫과 같은 방식으로 고안된 선물을 놓고 나가기만 하면 되었던 것이다(그는 안전장치를 제거해야 가져갈 수 있게 해놓을 수 있었다). 따라서 무언가 훔칠 만한 가치가 있는 것을 "공개적으로 숨겨놓거나" 아니면 도난당하지 않도록 예방 수단을 취해놓고 "피질문자들" 앞에 놓아두는 것이다. 그렇게 그는 탈취-에너지(얼마나 빠르게 도난을 당하는지에 따라)라는 형식으로 심층적 행위를 확인할 수 있었고, 그는 그것을 "생산 에너지"라고 불렀는데, 이것은 "욕망을 생산하는 능력, 다시 말해 근본적으로 욕구 에너지"와 관계 있는 것이었다. 여기에서 그의 기준에 따르자면 의미심장한 차이가 드러난다. 폭격에 **극심한 피해를 당했거나 전혀 피해를 입지 않은 사람들**은 소유 의지라는 관점에서 볼 때 비교적 에너지가 적었다. 중간 정도의 피해를 본 이들은 모두 높은 정도의 에너지 산출부터 노골적인 강탈 시도까지 나타났는데, 예를 들면 담배 한 갑을 두고 질문자와 싸우는 일까지 생겼다. 결과로 보면 모두가 훔쳤지만, 시간 측정값과 얼마나 창의적인 수단을 투입했는가에 대한 측정값, 특히 방해 장치 극복에 대한 측정값에서는 **극도로** 다양한 결과를 보여주었다.

살은 너무 좀 이른 결정일지도 모르지요. 공습을 피하기 위해서 그들이 해야 할 바로 다음으로 중요한 일은 무엇인가?—이제는 공습이 더 벌어지지 않겠지요. 그런 상황은 100년은 지닌길요.

1123년 이후 이 도시에서 벌어진 모든 화재 목록을 도시 문서고에 요구했다. 그 리스트에는 1945년 4월 8일은 "잊혀져" 있었다. 대화재는 마흔네 번이 기록되어 있었는데 대다수는 중세 때 일이었다. 그 남자는 이 역사적인 화재들 각각에 대해 한탄했는데, 특히나 교회에서 파괴된 소중한 예술품들에 대해서 그랬다.

다른 방법도 있었다. 피질문자들이 공습일에 무엇을 하였는지 인터뷰한 자유로운 보고들이었는데, 대부분은 초반부에 별로 주목할 가치가 없는 말들을 늘어놓은 후 정확한 탈출 경로를 묘사하였다. 또는 4월 11일에 비행기가 "당신들의 탱크들이 도시를 점령하던 날" 매우 낮게, "정찰하듯이" 폐허 지역 위를 날아갔다고 말했다.[64]

---

64   〔원주〕현재 시신수색대에 속해 있으며 담당 분야는 라틴어, 물리, 생물이고 나치 당원인(그래서 현재 시신 장례 임무를 맡은) 한 고등학교 교사의 발언은 이랬다. "임신했고, 크렙스셰레에 살다가 도피를 위해 함께 움직인 젊은 여성 둘이 있었는데 기절했습니다. 불타는 시신에서 조산이 되었고요. 새로 태어난 아기도 마찬가지로 불에 탔어요… 우리는 외경심에 이 섬뜩한 것을 하루 동안 길 위에 그냥 두었습니다."

그들이 복수심에 불타는지 아닌지는 구분할 수 없었다. 어쩌면 그가 도달하지 못한 깊은 심리 층위는 무시하더라도 (어떻게 해도 거짓말 등급은 측정되지 않았다) 그들은 태양이 짓누르는 그 도시 표면처럼 황량하고 텅 비어 있었다. 그들을 폭격함으로써 우리는 우리 국가의 친구를 얻은 것일까?

그에게는 마치 이 주민들이 이야기하길 즐기는 기질을 명백히 타고났음에도, 기억할 줄 아는 심리적인 힘을, 바로 이 파괴된 도시의 지표면 윤곽선에서 잃어버린 것처럼 보였다.[65]

피질문자의 주관적인 답변은 이랬다. "잔인함이 일정 정도에 이르게 되면 누가 그것을 저질렀는지는 이미 상관이 없습니다. 잔인함은 그냥 그쳐야 합니다."

---

65 〔원주〕핵심어: "이제 우리는 더 이상 걱정을 할 필요가 없어요. 더 이상 가지고 있는 것이 없으니까요." 불쌍한 이스트먼은 이 문장이 가진 음색을 어떻게 기록해야 할 것인가? 그 역시도 그저 자기 나름으로 어떤 인상만 받았을 뿐이며 질적인 표현을 배음과 한숨과 슬픔이 차지하는 비율 등등으로 분석해놓을 수 없었다. 그러나 그는 다음과 같은 인상도 받았다. 피질문자가 이전에 인터뷰했던 다른 이들과 마찬가지로, "아버지의 도시," 잃어버린 망자들, 가족의 땅, 다 타서 무너져버린 이웃집 등등에 대해서 긍정적인 태도를 가졌을 뿐만 아니라 저항 감정들도 함께 가지고 있었으며, 그래서 피질문자가 한편으로는 슬픔에 가득 차 행동하면서도 다른 한편으로는 "변화의 도입"에 대해 진정으로 기뻐하고 있다고. 이스트먼은 절대로 냉소적으로 보이고 싶지는 않았기에 그런 점에서 그는 그 진술에 대해 평가할 때 심하게 망설였다.

나중에 돌이켜볼 때 "현실적"이라는
말은 무슨 뜻일까?

· 　　공습에 대한
　　그 밖의 이야기 17편

죽음의 잠자리들

> 푸른빛 속에 우리는 느끼네
> 아시리아의 잠자리 날개
> 그러면 전쟁의 폭풍우로 어두워지는
> 칠흑같이 변한 하늘 층 제일 아래
> ―오시프 만델슈탐[1]

저 러시아 시인은 모스크바 어느 카페의 자신이 늘 앉는 자리에 앉았다. 카페 선풍기가 윙윙거렸다. 유행가의 단편. 밖은 밝은 봄날이다. 신의 아들이 죽는 순간에 세계가 어두워져서 생긴 칠흑 같은 어두움의 말은 한마디도 없다. 전쟁이 이 나라에 닥치게 되는 시점까지는 아직 한참이나 남아 있다. 그리고 전쟁은 시를 쓰고 있는 이 남자가 있는 카페가 위치한 지표면을 덮치지도 않았는데, 남자는 어쨌거나 몇 년 후에는 어떤 방식으로든 죽임을 당하나, 지금은 안전한 상황 속에 앉아 있다.

이 시인에게 수당을 지급하여 먹여 살리던 소비에트 출판사 가운데 그 누구도 그가 생산하는 것 중에 무엇 하나 높게 평가하지 않았다. 그들은 주장하기를, 그가 유용한 텍스트

---

1   오시프 만델슈탐Osip Mandelstam(1891~1938). 20세기 초에
     활동한 러시아의 시인으로, 스탈린의 폭정하에 숙청당해
     굴라크에서 사망했다.

를 하나도 제공하지 못했다고 했다. 그들은 유럽 언어들을 번역하도록 그를 고용했다. 그들 스스로는 감히, 다른 시인들이 말하길 특별한 자질을 지니고 있다고 하는 이 남자를 굶겨 죽이거나 없애버릴 생각은 하지 못했다. 그들은 미신적이었다. 그렇게 그들은 (반항적인) 동료 시민의 생존 권리를 다투어야 할 필요성에 대해서 굳게 확신하지는 못했다. 이 시인의 손은 카페의 차가운 대리석 테이블을 만지고 있었다. 그가 쓰는 동안 어떤 전쟁의 폭풍우도 없었다. 모든 것은 그저 예감일 뿐이었다. "아시리아의 포로들은 거대한 황제의 발아래를 병아리처럼 기어 다닌다." 그러나 이 카페에는 아시리아의 포로들도 없었고 황제도 없었다. 카페 맞은편 광장에 있는 지하철역 입구 홀은 공사 중이었다.

시인의 말들은 종이 위를 날아다녔다. 시인으로부터 완고한 의식이 쏟아져 나왔다.

이날 시인이 있던 모스크바의 이 장소에서 멀리 떨어진 아비시니아 석회암 산맥 위에서 이탈리아 조종사들이, 엔지니어들이 마치 곤충의 몸처럼 정교하게 작은 방을 구성해놓고 몸체에 색을 칠한 비행기를 타고, 각각 수공업적으로 마무리한 폭탄들을 인간의 영혼을 담은 어느 쪽으로도 도망칠 수 없는 목표물들을 향해 던지고 있었다.[2] 그들은 폭발물 혹

2   이탈리아의 아비시니아(현 에티오피아) 폭격을 가리키는 것으로 보인다. 이탈리아는 1935년부터 에티오피아를 침공, 저항이 일자

은 사방으로 튀는 돌덩어리 파편들 때문에 죽임을 당했다. 그에 관해 시인은 쓰고 있었다. 그는 그것 중 아무것도 보지 못했다.

또한 아직 그날이 끝나기 전, 덫 안으로 행진하던 이 중국 보병 대열도 이 시인은 관찰할 수 없었다.[3]

―이 시에서 아즈라일 천사는 스탈린에 대한 암시일까요?

―스탈린이 "세상에서 홀을 들어 올리는 강력한 손"이라는 말씀이신가요? 저는 그렇게 생각하지 않습니다. 그 시인은 어떤 구체적인 암시도 하지 않았습니다.

―그렇지만 무언가가 "강력하게 쓸려가버리리라"라고 소망을 분명하게 표현하지 않나요?

―스탈린을 통해서는 아니지요.

―그 시인은 아직 특정되지 않은 위험을 두려워하고 있습니다. 그는 이 위험이 특정된 무언가를 통해 대체되기를 바랍니다. 그것은 스탈린과 그의 첩보 기관이 될 수도 있지요.

―시인이 스탈린을 그렇게 막강하게 여겼다고는 생각하지 않습니다. "스탈린은 점령한 하늘을 자신의 철저한 보호 아래 둘 수 없었습니다."

각지에서 무차별 폭격을 감행했다.
3 일본의 중국 도시들에 대한 폭격을 가리키는 것으로 보인다.

힘겹게 앞으로 몰아치면서

훼손된 날개의 비늘 안으로

자신의 철저한 보호 아래

아즈라일은 점령한 하늘을 둔다.

"죽음의 잠자리들"에 대한 주해

"아시리아의…": "인간이 그들과는 상관이 없으며 그것을 벽돌처럼 사용해야 한다고, 그걸 가지고 지어야지 그것을 위해서 지으면 안 된다고 말하는 시절들이 있다. 아시리아 건축 장인은 충분히 존재하면서 대량으로 이송되어야 하는 건축 재처럼 인간 군중들을 다룬다(만델슈탐,「인문주의와 현재」, 1923).

"잠자리 날개…": 긴 몸과 껍질 같은 날개를 지닌 곤충 종류. 강한 포식자, 뛰어난 날짐승에 속한다. 잠자리에 특징적인 색깔과 체절 구조는, 각 부분으로 나뉘고 색이 칠해진 1920년대 초반 전쟁용 비행기의 모델이 되었는데, 아직 산업적으로 생산되지는 않았고 수작업과 수공업을 통해서 생산되었다. 전쟁 목적으로 스페인령 모로코와 리비아, 중국에 투입되었으며, 반면 1918년 이후 유럽 대륙에는 더 투입되지 않았다. 러시아 증언자는 그 비행기들을 알지 못했을 것이다.

「천사와 비행기들」, 나탈리아 곤차로바
"푸른빛 속에 우리는 느끼네 / 아시리아의 잠자리 날개."

"칠흑같이 변한 하늘 층 제일 아래…": 토마스 아퀴나스에 따르면 이 층위는 우리 안에 있다. 그것은 밖에서 보아서는 인식할 수 없다.

"전쟁의 폭풍우…": 관용적 단어이거나 비유라고 할 수 있는데, 전쟁은 폭풍우의 구조를 가질 수 없기 때문이다. 번개, 폭우, 구름, 천둥은 전쟁에서 벌어지는 절멸 효과에 비하면 가장 중요하지 않은 표지일 뿐이다.

"아즈라일…": 폭력적인 천사 혹은 죽음의 천사. 하늘에서 "모든 좋은 영령"들이 떠나면 곧바로 이 "점령한 하늘"에 대한 권력을 움켜쥔다. 시인의 마음에 어둠을 드리운 무언가가 이 거대한 존재를 인지하였고 아즈라일이 통치하기 시작하길 소망하기까지 한다. 위험으로 다가오는 무언가는 그렇게 확정성을 얻게 된다. 그것은 시인의 마음속에서 지구 위에 흩뿌려진 불행의 들판을 오므라뜨리고 닫아버린다. 그런 점에서 시인과 아즈라일은 동반자이다.

잠자리

그라우뷘덴의 4,000미터가 넘게 솟아 있는 높은 산지 협곡에 초록빛 호수가 있으며 깊은 그곳에는 사람 손이 닿지 않은 식물들이 있다. 이 장소는 산맥이 주름처럼 솟아나기 시작할 무렵, 다시 말해 20만 년 전부터 실질적으로 변하지 않았습니다, 라고 지질학자 슈바이카르트가 말한다.

이런 맑은 날에는 잠자리들이 물 표면을 이리저리 날아다닌다. 이 잠자리들이 주변을 둘러싼 산등성이늘 님어 바낕으로 날아갈 가능성은 생각할 수 없다. 다음번 제일 가까이에 있는 물은 인간의 걸음으로 따져도 하루는 가야 할 거리입니다.

그렇게 여기에는 특별한 종류의 잠자리들이 생겨났으며 7번과 8번 체절 사이에 짙은 갈색 솜털이 촘촘히 자라 있다. 이 장소에서 난 잠자리 집단 후손에게 헷갈리기 어려울 정도로 뚜렷이 보이는 특징이다. 어떤 낯선 잠자리가 오더라도 이 잠자리들은 갈기갈기 찢어놓았으리라.

나의 아버지는 1938년에 20만 년이나 된 이 귀족 중 하나를 잡아서 정원에 있는 연못에다 풀어놓았다. 고향에서 쫓겨난 이 잠자리는 거기서 7년이나 더 살다가 정원이 불 폭풍 속에서 다 타버릴 때 죽었다. 그 연못은 콘크리트로 만들어진 것이었는데 터져버렸고 화재가 발생했을 때 이미 물이 더는 남아 있지 않았다.

고도 4,000미터의 겨울은 매우 혹독한데, 이 잠자리들은 그들의 구성 성분, 즉 물이 얼음과 경계를 이룬 곳에서 만들어내는 작은 불규칙성들 속에 둥지를 틀었다.

할버슈타트 주민들은 이 파괴가 그저 지나가는 상황이라고 처음에는 믿고 있었다. 도시가 이전에 서 있던 대로 재건될 것이라고. 그들은 1945년 가을까지도 그렇게 믿고 있었다.

비스마르크 거리에는 다 타서 1층까지 무너져버린 집이 하나 있었다. 1945년 6월에는 그래도 하늘을 향해 열려 있던 벽체를 덮는 작업이, 비록 타르 칠을 한 판지였지만, 시작되었다. 그렇게 가을비와 겨울 폭풍에 대비하여 1층과 지하실을 보호해놓았다.

그러고선 많은 주민이 도시를 떠났다. 폭탄들이 건드리지 않은 도시 주변부 거주지들에 난민 행렬이 끝없이 줄을 이루었다. 그들은 일곱 차례에 걸쳐 들이닥쳤다. 도시 중심에는 분화구가 남아 있었다.

시 행정부는 이 "조직상으로만 남은 형해形骸"만 가지고 "도시의 이념"을 그 후에도 50년 동안 유지했다. 목사의 아들들이 나중에 중세 건물들의 재건 및 행정부 개혁 운동의 선봉에 선다. 그들의 목표는 일찍이 시의회에 속해 있던 마티니교회, 정확히 말하면 교회가 있던 공간에 집결지를 만들고 거기서 시작해 전쟁 때 생겨 아직도 남아 있는 분화구들에서 새로이 사람이 살아갈 수 있도록 하자는 것이었다. 이것이야말로 새로운 도시를 세우기 위한, 그리고 그 계획이 분명히 성공을 거둘 수 있는 기반이다.

　20분 만에 이루어진 1945년 4월 8일의 피해가 돌이킬 수 없는 사실임이 점차 사람들의 마음 앞까지 파고든다.

나중에 돌이켜볼 때 "현실적"이라는 말은 무슨 뜻일까?

우리 집이 서 있던 자리(파괴 이후에도 아직 한동안 잔해가 같은 방향으로 서 있었다)를 가로질러 거주용 건물들이 세워졌다. 그 아파트들은 도로 쪽을 향해 정렬되었다. 예전에 있던 주민들의 주택은 그와 반대로 낮은 쪽을 향해, 거리에서 등을 돌리고 정원 쪽으로 지어져 있었다. 이 기초 구획선들은 지워졌다. 내내 시끄럽게 울어대며 저녁을 지배하던 칼새들은 1936년의 칼새들과 같은 종족에 속한다. 재앙이 일어나고 광범위한 화재가 일어난 이후에 그들은 장거리 비행을 떠났다가 다시 돌아왔고, 돌 황무지에서 새로이, 지리적으로는 예전과 같은 장소에, 심지어 미터 단위로 정확하게 정착했다.

　정원이 있던 곳에는 이제 여가용 스포츠를 위한 시설이 있다. 하얀, 그러나 먹을 수 없는 열매가 달린 덤불 숲은 이 주택 지구에 새롭게 단장된 정원 열이 다른 방향으로 나게 되었음에도 여전히 존재하고 있었다. 그 밖에 후이 언덕에서 가져온 돌도 하나 있었는데 예전 돌 정원에서는 기능을 했으나 이 제는 그 기능이 사라져버렸다.

남은 것들을 이렇게 배열한다는 것이 정말로 무슨 뜻일까? 덤불 여섯 개와 돌 하나는 어떠한 현실도 생산할 수 없다. 그러나 그 이전에 있던 어떤 것, 나의 의미 안에 사는 무엇, 그리고 그 입자들 일곱 개는 하나의 **순간**을 형성한다. 그러한 순간들에서 현실이 탄생한다.

1945년 4월 8일 공습에 대한 기념일이었던 이날 우리는 도시 중심부를 산산이 갈아엎고 불을 지른 세 대형 편대가 마그데부르크 방향에서 이리로 날아온 것이 아니었다고, 그러니까 우리가 소리를 들은 대로, 상상한 대로, 그 당시 폭발음이 들려왔다고 느낀 방향대로 동쪽에서 서쪽으로 날아온 것이 아니었다는 사실을 알게 되었다. 그들은 남쪽으로부터, 하르츠 산지로부터 이리로 날아왔다. 그들은 아마도 거의 실행되지 못할 뻔했던 계획을 따랐는데, "목표 리스트"에 동일한 등급으로 올라 있던 다른 목표물 두 곳이 우리 도시와 경쟁하고 있었기 때문이다. 잘못된 계산과 오류 때문에 이 계획은 실행되고 말았다. 이 사건에 얼마나 필연성이 거의 없었는지 우리는 60년이 지난 지금에서야 알게 되었다. 계획에 따르면 1912년에 지어진 눈에 잘 띄는 건물 하나, 세 개의 축으로 구성된 중고등학교(빨갛게 반사하는 지붕이 있던)가 말하자면 공격의 영점이었다. 그런 영점은 안전한 지점이어야 하는

데, 폭탄을 실은 편대가 정확히 정해진 분초대로 폭탄 화물을 풀어놓기 전에 그 위로 먼저 날아가야 하기 때문이다. 잘 알려진 "공격의 영점"(그러나 우리는 결코 기꺼이 개혁하려는 마음으로 지어놓은 건물, 교육 기관 하나를 살생 공격을 위한 시작점으로 보지는 않았으리라)으로부터 폭격기 무리 중간쯤에 있던 비행기들이 우리가 있던 지하실 50미터 앞까지 나 있는 길을 따라 왔다가 6초 만에 돌아갔다. 폭탄들은 비스듬하게, 투하 지점부터 앞으로 떨어지면서 바닥에 이르렀다. 그 자체로 보면 우리는 틀림없이 폭탄에 맞았어야 했을 것이다. 도시 위로 지나가는 공기의 움직임이 2미터에서 7미터 정도 되는 길의 운명을 결정지었다. 그럼 점에서 우리가 생존했다는 사실이 "현실적"이지 않았던 것이다(즉 인과관계의 논리, 어떤 맥락에서 도출된 결과가 아니라 바람의 우연에 내맡겨져 생긴 일이기에). 20분이 지나고, 공황을 모든 감각으로 느끼면서—이 말은 살아 있다는 뜻이다—우리는 도시 출구 방향으로 서둘러 나갔다.

1944년의 사랑

불확실성과, 무엇보다 전쟁에서 죽게 될지, 그렇다면 언제 그렇게 될지 알 수 없고 그에 아무런 영향을 줄 수도 없다는 무기력감이 영혼을 대담하게 만든다. 더 이상 아무것도 잃을 것이 없다.

그렇게 게르다 F는 몇 시간이나 계속되었던 울름 공습 이후 더 이상 머물러 있지 않았다. 그녀가 알고 있던, 그리고 그녀에게 청혼할, 전쟁에서 돌아올 전사를 기다리겠다는 생각은 남아 있지 않았다. 도시 군수 공장에 있는, 후방에 남겨진 남자들을 더 가까이 알고 싶지도 않았다. 그들 모두는 가까워지고 싶어 했다. 그래서 그녀는 그곳을 통과하는 여행자 하나를 방에 붙잡았다. 그들은 서로를 다시는 만나지 않았다. 그녀가 후회하는 것은 아무것도 없었다.

> 천상의 기쁨 가득한
> 하룻밤을 위해서
> 거기에 나는 모든 걸 바치리.[4]

협동적인 태도

1943년 2월 11일 폭격이 지나간 블라우바흐의 어느 집에서 다 타고 숯이 된 시신 일부가 발견되었다. 주민 여인 한 명이

---

4   〔영문판〕 1940년대 흥행했던 영화 〈코라 테리Kora Terry〉에서 마리카 뢰크Marika Rökk가 부른 노래 일부다.

주장하길, 자기 남편의 유해라고 했다. 같은 건물에서 나온 두번째 여인이 신고하고 설명하길, 자기 남편 역시 이 무너진 지하실에 앉아 있었고 아마도 거기에 나란히 같이 앉아 있었을 것이라고 했다. 그러면서 그것이 자기 남편의 시신 일부라고 했다. 그녀도 묘지를 방문할 수 있길 바랐던 것이다. 그러자 잔해만 남은 건물[5]로 먼저 돌아왔던 주민 여인이 그 숯이 되어버린 시신 일부를 나누자고 제안했다.

인간 마음에 난 화재들

무거운 가스보호복을 입은 형사공무원들이 죽은 이를 살펴본다. 그들이 소집된 이유는 범죄의 유형에 혼동이 있었기 때문이 아니라 죽은 사람 개개인을 이름, 주소, 친인척 관계, 직장으로 환원, 즉 개인화시키는 일이 범죄학적 경험상 필요했

5   공습 초반에 공용 벙커를 찾아 나섰던 소녀 프란치스카 치글러가
돌아왔을 때, 거기에는 집의 왼쪽 방화벽만 남아 있었다. 18세였던
그녀의 언니도 그곳으로 왔다. 마르타 치글러와 빅토르 치글러는
가슴께까지 잔해로 뒤덮인 채 벽에 똑바로 기대어 서 있었다.
소녀가 아버지를 찾아 부르자 그의 머리가 앞으로 푹 떨어졌다.
사각형 콘크리트 지하실 천장은 철판 단 한 장에 걸려 있었다.
그들은 석유를 가져와서 죽은 사람들을 태우려고 했다. 우리가
그렇게 하지 않으면, 쥐들이 와서 먹어버릴 거야. 그들은 그렇게
해야만 했다.

기 때문이었다. **현실 관계**와 같은 무언가를 다시 복원하는 일이 중요해지는 순간에 형사 수사는 무엇을 산출해야 하는가? 익명의 망자, 그들의 사실 관계를 캐러 이리저리 물어보는 탐문자는, 저 공습이 할 수 있는 것보다도 더 강력하게 현실에 대한 상을 파괴하는데, 이런 탐문이란 현실적인 모든 것에다 강력히 <u>리얼한</u> 속성을 덧붙이는 것이기 때문이다.

　　─당신은 일상성과 현실성이라는 표현들을 같은 의미로 쓰시는군요?

　　─일상성에 대해서는 이야기할 수가 없으니까요.

　　─<u>현실적</u>이라는 말은 무슨 뜻으로 쓰십니까?

　　─당과 국가가 아직 모종의 무언가를 하고 있는 것처럼 보이는 상태입니다. 고기 건더기가 많이 든, 익힌 보리 수프가 대량으로 농촌에서 도시로 들어오고 있는 상황은 특정한 합류점에서 현실 관계가 다시 복원되는 데 기여하지요.

　　소방장교의 대화 상대는 제국선전부 연구집단에 속해 있었는데, 그 연구자들은 사회학적으로("민중 조사로서") 문제를 다음과 같이 파악하고 있었다. 살아온 도시가 파괴되고 나면 인간들의 머릿속에서는 대체 무슨 일이 일어나는 것일까? 그들은 용기가 꺾이거나 사기가 떨어져서 평화 체결에 동의를 하게 되지도, 또 감독 관청들에 대항해 반란을 일으키도록 추동되지도 않는다. 오직 일종의 **감각상 혼란**이 생겨난다. 그들이 겪은 일들이 현실인지 아니면 꿈인지에 대해 의심

하는 일만 일어날 수 있다. 이런 중간적인 심리 상태에 대해서, 정치 지도부는 어떻게 대비해야 할까?

제국보안중앙국RSHA 제2부서 부속 연구집단의 보고에 따르면 불 폭풍, 도시 포기, 현실과의 접촉 상실이 야기한 모든 정신 상태의 환상적 전환은 다른 한편으로, **최후의 투쟁을** 위해 비축해두었던 힘을 풀어놓아버리는, **시민적 존재 상태로부터의 파열**을 불러일으킨다. 친위대 연대 지도자 에버라인이 소방 사령관 퀴네케에게 말하길, 절망한 인간에게 아직도 힘이, 그 앞에서 적이 **성스러운 두려움**을 가져야 할 힘이 아직도 남아 있는지 우리가 어떻게 알겠냐고, 왜냐하면 그저 폭탄이 터지거나 도시가 다 타버리는 것이 아니라 인간의 마음이 폭탄이고 그것이 현실을 태워버리기 때문이라고 했다. 퀴네케가 되물었다. **특정한 적**에 대한 이러한 내면의 화재를 어떻게 돌려놓으실 생각이십니까? 제가 알기로는 불은 모든 방향으로, 둥근 형태로 작용하니 말입니다.

그들은 노르트호이저 화주를 마셨다. 무언가 위안이 되는 것이 생겨났고 그들은 어찌할 바 모르던 감정들을 한데 모아 정리할 수 있었다. **인간 마음에 난 화재들**에 대해서 한 사람은 불을 끌 수 없었고, 다른 한 사람은 방향을 잡을 수 없었다.

야간 공습이 있던 날의 다음 날 아침 일찍 함부르크 하겐벡 동물원이 파괴된 자리에 직업소방대 부대장 두 명이 나타났다. 밤을 꼬박 새고, 그렇게 신경이 잔뜩 곤두선 채로 투입될 준비를 하기 위해서. 이 시간, 소방대는 다시금 도시를 장악했다.

동물들은 모두 잠자코 가만히 있었다. 도망치려고 조급해하지도 않았다. 코끼리들은 두 마리의 우두머리 암컷들 주위로 빽빽하게 몰려들었다. 독수리와 방조형 대형 새장의 새들은 이제 철사 그물이 그들이 이 지역으로 퍼져 나가는 것을 방해하지 않게 되었지만, 그래도 그 부서진 새장 안에 몇 시간이나 머물러 있었다. 동물들 사체, 분화구가 있었다. 남아 있는 동물들은 그들의 반려 동물들이 죽은 것을 물론 인지하였지만 어떤 신경과민 증세도 나타나지 않았다. 이는 그들이 이 사체들에게서 명백하게 거리를 두는 모습에서 알 수 있었다. 소방-경찰 행정상 해명할 것은 없었다. 동물원의 균형을 뒤흔든 것은 불도 아니었고, 그저 폭발력이었다. 동물들은 그 공격을 그들에게 낯선 것으로 느꼈다. 그들은 일상의 질서로 되돌아갔다.

동물들은 잘 망각하기 때문에 몇 분 후나 몇 시간 후면 "잊어버리고," 그 순간엔 공황 상태였다가 그다음에는 평정

심을 유지하는 것일까? 공격의 결과 때문이 아니라 동물원에 남아 있는 동물들에 깃든, 그리고 일종의 **자연이 지닌 인내심**을 반영하는 그 조용함 때문에 부대장들은 전율을 느끼는 것 같았다. 그들은 그런 인내심을 믿을 수가 없었다.

보고서에서 그에 대해 무언가를 강조할 수 있을까? 그때는 이론적인 관찰을 위한 시간은 아니었다. 두 부대장은 도시 외곽에 임시로 지어놓은 본부로 되돌아가서 새로운 수색활동 업무를 할당받았다.[6]

6   함부르크의 직업소방대 본부는 그 자체 화재의 희생양이 되었다. 본부로 이어지는 도로 위에서 잔해에 파묻혀 전소된 소방차들을 볼 수 있었는데, 본부를 구하기 위해서 잔해를 뚫고 서둘러 달리려고 했던 차량들이었다. 불 폭풍이 들이닥치는 바람에 불에 타버리고 무너지는 건물 전면부에 맞아 파묻혔다.

자발적인 행동들을 결합시키는 것은 무엇일까?

"네 삶을 투입하지 않는다면 너는 삶을 얻을 수 없을 것이다…" 지그리트 베르거는 목숨을 걸고 그나이제나우 거리 모퉁이에서 50센티미터쯤 되는 작은 개를 구해냈다. 왜 네 목숨이 위험하게 그랬니? 하고 샤프너 씨가 물었다. 베르거 씨는 "깊이 생각하지 않고" 그 일을 했다. 무언가 살아 있는 것이 꿈틀거렸다. 그녀는 그렇게 정신을 놓았다.

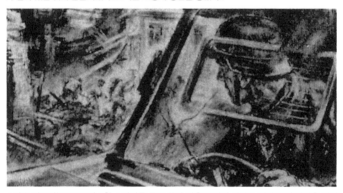

소방수 뷔트너는 1944년 5월 소방차를 몰고 폭탄 맞은 공장에 가라는 재난 투입 명령을 받았다. 화재 장소로 가는 동안 그는 자기 집을 지나쳐 가면서, 그것이 파괴된 것을 보게 된다. 그의 가족이 구조되었는지 그는 알지 못한다. 그러나 그는 스물아홉 대의 소방차 행렬 안에서 달리고 있었고 그 차량들이 뷔트너를, 말하자면 명령의 선로 위에서 투입 장소를 향해 밀어대고 있는 셈이었다.

공격받은 공장의 화학 물질이 폭탄에 맞았다. 폭탄들은 소위 땅 위의 동맹군들을 찾아낸다. 불을 끌 것도 없고 치울 것도 없다. 뷔트너는 가스마스크를 썼는데, 이는 정말 심각한 경우에는 아무 소용이 없다고 그가 말한다. 여기가 바로 심각한 경우지요. 뮈케르트가 대답한다. 뷔트너는 자기 가족들이 구조되었는지 아직 알지 못해서 이에 동의하길 망설였다.

∧
프레트 게를라흐.

게를라흐는 불을 끄던 밤(그러나 불을
꺼봐야 아무 소용 없었다)에 부퍼탈에
서 열일곱 명을 구한다.

게를라흐는 거기에 모종의 자기 망각이 필요하다고 말한다. 절박한 상황 그 자체나 포상을 받을 기회만으로는 불타는 집으로 뛰어 들어가는 그런 위험을 감행하기에 충분하지 않다. 차라리 다음과 같은 생각에서 비롯된 것이라고 하겠다. "저기 들어가서 한 여인을 찾아서 구해내면 황홀한 무도회 밤에 그녀가 나를 행복하게 만들어주겠지." 그러므로 나는 나를 무너져내릴 위험이 있는 집으로 이끌고 있는 아이를 따라간다. 화재가 2층을 덮쳤다. 나는 정신을 잃고 쓰러져 거기 누워 있는 여인을 발견했지만 그녀를 혼자서 들고 불타는 계단을 통과해 내려갈 수는 없었다. 그래서 나를 끌고 들어갔던, 아마도 1층의 연기 속에 정신을 잃고 쓰러진 그 여인의 자식처럼 보이는 아이를 먼저 구했다. 이 여성을 도와줄 수 없었다는 점이 매우 가슴이 아프다. 그 아이는 나를 향해 달려왔고 나를 무너져가는 건물 방향으로 이끌었다. 위생병이 지나갔다. 이 여성의 도움을 받아 나는 연기를 뚫고 중독되어 정신을 잃은 여인을 1층에서 거리로 끌고 나왔고 아이가 거기서 그녀를 깨웠다. 나는 젊은 위생병 여인의 눈에서 어쩐지 나를 인정하는 눈빛을 보았다고 생각했다…

폴란드 예비군 장교인 학사 엔지니어 루콤스키가 인광탄을 잡고 양동이 물에 쏟아내고 있다.
독일 공장이 어떻게 되건 그에겐 아무런 상관이 없었다.

루콤스키가 그의 행동을 치하하며 특별 상여를 약속하는
대관구 지도관과 전화 대화 중 대답을 하고 있다. 루콤스
키는 감사를 표한다. 그는 그가 보상을 바랐다면 하지 않
았을 것이라는 사실을 말할 수 없다. 그는 "바라지 않고
서" 했다. 통상적인 일이고 그렇기 때문에 우리는 하는
것이다. 폴란드에서 그렇게 **훈련했다**. 이 **훈련된 사람**이
지금은 적을 위해 좋은 일을 한 셈이다. 그는 물론 그것
을 지도관에게 말할 수는 없다.

다른 공장에서, 짐을 적재한 하노마크 장거리 화물차가 붕괴되고 있는 지하실에 서 있다. B. 프리드리히와 게르트 파셰는 친구가 된 지 이제 겨우 20분이 지났지만, 중장비 화물차 스물세 대를 운전해 화재와 잔해를 뚫고 지하실에서 나와 공장 지대를 지나 도시 밖으로 대피시키는 사건을 만들어낸다. 해낼 수 있을지 그들은 궁금했었다. 그 동기가 그들을 서로 가깝게 만들었다. "객관적으로 판단해 위험을 처리"한 예이다.

친구들. 어제만 해도 그들은 서로 알지 못하는 사람들이었다. 그러나 그사이에 화물차 스물세 대를 구해 냈다.

147

샤프너 씨, 데니케 씨, 지그리트 베르거, 마리아 플리체. 파티에서 찍은 사진. 그들은 화재가 있던 밤 이후 서로를 다시 만났다.

마리아 플리체가 파묻혔던 사람들을 이끌고 지하실에 난 틈새를 통해 밖으로 나온다.

데니케 씨가 죽음을 무릅쓰고 식량 담당 부서에서 물건을 나르고 있다.

데니케 씨의 약혼자. 그녀가 위험으로 뛰어들고 또 비스킷 상자들까지 운반했다고 비난을 퍼부었다. 그러면 그 상자들을 어디에 쌓아놓아야 한단 말인가? 하고 데니케 씨가 반문했다. 반년이 지나고 그녀의 약혼자는 죽었다. **자발적인 행동들을 결합시키는 것은 무엇일까?**

148

소방대 지휘관 W. 쇠네케의 보고

1944년 9월 12일 저녁 어스름이 차츰 번져오면서 쾰른 동쪽 영지에 있는 사령부에서부터—소방차들 일부는 미ⴊ 미딩에 있는 보리수들 아래에 세워져 있었고, 일부는 사령부 가까이 작은 전나무 숲에 세워져 있었습니다—저희는 다양한 적군 폭격기 대형이 진입해오고 있는 것을 따라가며 지켜보고 있었습니다. 저희는 철저하게 제국철도 지도부의 비밀 공습경보에 따라서 움직였고 그들은 무선통신망을 위해서, 다시 말해 제국 영토 내 수많은 일반 시민들을 위해서 보고하던 공습경보사령부보다도 정확한 상을 제공해주었습니다. 그때 이날 밤 위험 요소로 RAF(영국 공군) 제5비행단이 아이펠 고원 위를 지나는 것이 발견되었습니다. 그것이 실질적으로 의미하는 바는 21시와 22시 사이에 다름슈타트 위에서 부채꼴 공격이 벌어진다는 것이었습니다. 22시 20분경에 이미 화재는 최고조 직전에 이르렀습니다. 구조대가 바깥 쪽에서 이 혼란을 뚫고 들어가려고 했습니다. 350킬로미터 떨어진 곳에 있던 저희는 그것을 전혀 소용없는 일이라고 "보았"습니다. 저희는 그 사실을 순수하게 경험으로부터, 그리고 적이 적용했던 방법, 즉 도시 그 모든 끄트머리에 동시에 불을 내서 도망칠 출구를 좁게 만드는 방법으로부터 알고 있었습니다. 칸나에 전투[7]에 적용되었던 기본 생각의 영리한 응용, 다시 말해 화재가 북쪽으로 길게 도시를 포위하고 있는 사이에 반대편 남쪽에 길게 불을 내서 입구를 막아버리는 것이었습니다. 제가 여기에서 경험이라고 이야기하는 것은 우리가 다른 소방부대와 곧바로 연결한 전화와 사령부에서 있었던 대화들, 즉 전문가들 다수가 함께 머리를 맞댄 것을 의미하는 것입니다.

저는 곧장, 즉 21시 50분에 소방부대를 쾰른 방향으로부터 이동시켰고, 새벽 6시 실질적으로 화재가 거의 끝나갈 무렵에, 다름슈타트 서쪽, 만하임 동쪽에 있는 고속도로 지대에서 소방수 6,200명과 소방차 390대가 모였는데, 이 소방수들은 뷔르츠부르크, 카를스루에, 만하임, 마인 강변의 프랑크푸르트 등등에서 온 전문 자격이 있는 남자들이었습니다. 만하임으로 가는 주요 선로에는 공습경보가 있을 때 다름슈타트 중앙역에서 출발하여 빠져나가고 있던 토트 조직 기차가 서부 방벽을 짓던 노동자 1,000명을 실은 채 아직도 서 있었습니다. 이 모든 구조 인력과 소화 인력을 일곱 시간에서 여덟 시간 전에 이용할 수 있었더라면 화재 지역을 헐어 따로 떼어놓을 수 있었겠지만, 물론 부채꼴 공습이 없었고 시한폭탄이 없었다는 전제하에서 가능한 말입니다만, 이 경우에는 가망이 없었습니다.

7   기원전 216년 2차 포에니 전쟁에서 한니발 장군이 로마군을 포위하여 전멸시켰던 전투.

그래서 저희는 밝아오는 아침을 맞이하고 낮 12시경에 고속도로를 타고 쾰른으로 돌아갔습니다.

부퍼탈에서의 밤은, 특히 저희가 그 불행한 장소에 도착한 시간과 관련해서 이야기하자면, 이보다는 훨씬 상황이 좋았습니다. 저희는 그 밤을 "베니스에서의 하룻밤"이라고 불렀는데, 거기는 부퍼 강이 이 계곡 도시를 통과해 흐르기에 말하자면 물이 충분히 수중에 있다고 할 수 있었기 때문입니다. 그러나 불 폭풍이 불잉걸과 불비를 내리면서 물 위로 쓸고 지나가, 나무 말뚝들과 계선주繫船柱들조차도 물 표면 바로 위까지 불타고 있었습니다. 코 아래까지 물에 담근 사람머리 하나가 대략 계선주 하나 정도라고 볼 수 있습니다.

말씀드렸듯이, 물은—그 장소만 보자면—거기에 있었습니다. 서쪽에서 소방부대들이 제시간에 도착했지만 저희는 그 좁은 계곡으로 전혀 들어갈 수가 없었고 양쪽 구릉 지대에서 그 폐허들을 내려다볼 수밖에 없었습니다. 저희는 준비된 소방부대들이 계곡 반대편 구릉 위에 있는 것을 제대로 보았고 무전 신호를 주고받으면서 인사하였습니다. 저희가 거기 도달하기 전에 먼저 다 타기를 기다려야 했지만, 저희는 부대 투입을 그렇게 오래 미룰 수는 없었습니다.

기본적으로 상황은 이랬습니다. 영국 공군이 폭탄을 계단식 분수처럼 쏟아냈고 미국 공군은 융단 폭격을 퍼부었습니다. 아직도 무언가 남아 있을 것으로 추정되는 도시 중심가에 대한 전략 폭격은 도시를 X자 형태로 가로지르는 교차 폭격 라인을 설정하는데, 아마도 누군가는 이렇게 말할 수도 있을 것 같습니다. 마치 결투하는 대학생의 대머리 위에 난 "칼자국"처럼 일정 정도 파인 상태로 그렇게 불타고 있다고 말입니다. 소방부대가 멈추어놓아야 했을 시한폭탄들은, 이미 말씀드렸듯이 부퍼탈 계곡 안으로, 엘버펠트 들판으로, 바르멘 호수로, 다시 말해 수 킬로미터 이상 쭉 이어지는 계곡으로 떨어졌기에, 이쪽 편에서도 저쪽 편에서도 다가갈 수가 없었는데, 그것들은 30분에서 60분 후에 터지는, 충격력이 브리넬 경도 4,000파운드[8]에 달하는 신관이 짧은 폭탄과 모양이 일치합니다.

도시의 방진형―일반 시민들이 말하는 식으로 하자면 양편으로 집이 늘어선 길들―은 건설 방식에 따라 6킬로미터에서 9킬로미터 주택 블록 단위가 1분 만에 불탑니다. 거기서 결정적인 것은 돌출창과 작은 탑, 그러니까 특히 모퉁이 건물들에 추가적으로 지어진 부분들이 그 무게 때문에 추가적인 하중을 주게 된다는 사실입니다. 궁륭과 지붕 압력 라인이 접점으로, 즉 외벽으로 촘촘하게 내려앉는다는 사실도 중요합니다. 거기서 벽이 무너지고 마니까요.

여기에 대전차용 폭격탄의 여왕이라고 할 철갑탄 13,500

8   약 1,800킬로그램.

파운드, 즉 6톤이 로켓 추진력을 받으면서 또 떨어집니다. 3미터나 되는 강화 콘크리트 벽이 매끄럽게 관통될 것입니다. 저희가 도대체 그 자리에서 무슨 일을 해야 한단 말입니까? 이런 관점에서라면 그 도시들을 완전히 나트세 시어야만 했을 것입니다. 특히나 사람들이 계곡 골짜기에 도시를 만들지 못하게 해야 했을 것입니다. 많은 문외한들이 만든 교육 체계가 도시 주민 혹은 제국 주민을 하나로 형성하는데, 이 역시 완전히 새로 만들어야 했을 것입니다. 그렇게 그들은 스스로를 보호하려다가, 예를 들면 지하실 창문에 벽을 쌓아 막아버리다가 나중엔 거기서 빠져나오지도 못하게 됩니다. 불타고 있는 길 양옆 건물들 앞에 멈추어 서 있는 소방부대는 순간적으로는 일을 하지 못하고 기다려야 하지만, 그래도 명령받은 확고한 목표가 있지요. 그런데 히스테릭한 사람들에게 둘러싸이게 되고 제일 좋은 호스를 연결하여 불타는 건물에 물을 쏘아달라는 무리한 요구를 받게 됩니다. 이 엄청난 양의 물이 지하실에 가 닿기라도 한다면 끓는 물이 되고 말 것입니다. 지하실들 안에 아직 주민들 일부가 살아 있지 않다고 누가 장담하겠습니까?

소방 경험이 적군 공격에 대한 거울상이 되어야 한다는 말이 맞다면 소방수를 키우는 교육도 급진적으로 개혁해야 합니다. 우리가 가진 능력과 규모를 가지고도 본래 필요한 장소에 전혀 가 닿지 못하고 있을 수 있으니 말입니다. 그러므로 전문성이 있는 소방 작업이란 그에 상응하는 전체 사회의 개혁이고, 건설 방법의 개혁이고, 그 인간들에 대한 개혁, 여섯 살 아이부터 시작해서, ABC를 배워봐야 폭격기 부대에 대항해서 아무것도 할 수 없는 인간을 바꾸는 개혁입니다. 예컨대 마인 강변의 프랑크푸르트나 만하임에서 콘크리트로 지어진 벙커는 11,000킬로그램짜리 폭탄이나 철갑탄의 표적이 되고 강화 콘크리트의 두께로 인해 주요 사고 다발 지역이 되기 때문에, 이 벙커에 들어가는 일에 대한 경고를 무전을 통해 동료들에게 보내는데, 그들은 그 사실을 어차피 알고 있지요. 그런데 이 정보를 벙커 입구로 몰려가는 사람들에게 전달해줄 가능성은 전혀 없었다고 해도 과언이 아닙니다. 그렇다고 절망감에서 제가 이런 말을 하는 것은 아닙니다. 오히려, 예를 들자면 1945년 4월에 그랬는데, 평화시였다면 그렇게 모을 수 없었을 저희 경험들을 근거로, 위에서 상술한 전제 조건들을 충분히 명확하게 할 수만 있다면 저희가 그 사태를 통제할 수 있다는 직접적인 인상을 받았기 때문에 이렇게 말씀드립니다. 이는 상인, 당 조직자들, 산업인들, 집주인들, 공무원들, 군대 등의 문제 혹은 주민 일동을 통치하는 문제가 아니라, 소방 문제입니다. 언덕에서 부퍼탈을 바라보면 인식될 법한 결과를 생각하며 드리는 말씀입니다.

재앙의 전조

아마도 우리를 둘러싼 사물들은
그 사물들이 그것이며 다른 것이 아니라고 믿는
우리의 확신 때문에 움직이지 않고 있는지도 모릅니다.
사물들은 우리가 그들을 마주할 때 갖는 경직된 생각 때문에
그 부동성을 획득하는 것입니다.
—로베르트 무질

그는 미친 사람으로 간주되었다. 그를 참아주던—그가 이따금 디자인 아이디어를 생산해냈으므로—57층의 어느 사무실 칸막이 안에서 자기 자신을 그리고 있었고, 그 그림에서 자신이 꼬챙이들에 의해, 또 곧 비행기들과 잠자리들에 의해 구멍이 뚫리고 있는 모습을 그렸기에 그는 성 세바스찬의 후예였다. 그는 감히 그렇다고 사람들에게 말할 수는 없었다.

그리고 그 재앙이 일어났을 때, 이 거대한 창고의 거주민들 중 누구도 알아차리지 못했고, 그것은 마치 날씨로 인한 천재지변처럼 놀랍고 무언가 유일무이한 사건으로, 라디오를 통해서야 비로소 대사건으로 경험되는데, 이 재앙이 닥쳤을 때, 그는 57층을 걸어 내려온 첫번째 사람들 중 하나였고 쌍둥이 빌딩에서 700미터 떨어진 곳에 위치한 보건소 중 하나로 가서 스스로를 구해냈다. 그 자신의 환상들에 완전히 반대되는 일이었다. 이렇다 할 만하게 먼지로 뒤덮이지도 않고

손끝 하나 다치지 않은 채로 그는 자신이 피신한 동굴에서 타
워들이 무너져내리는 것을 바라보았다.

그가 그 사건을 미리 알고 있었다고 말할 수는 없으리라.
사람들이 나중에 예언의 재능이었을지도 모른다고 주장한
그의 창조적인 상상력들은 현실 상황들과는 관계가 없었다.
그렇게 되기 위해서는 전시회에 초청되어 상상과 현실을 결
합시킬 필요가 있었다.

재난 보호 및 소방 전문가인 로무알드 데이비슨은 완전
히 달랐다. 그는 모든 예술가적인 접근법들을 기피했다. 타워
가 무너지기 3주 전에 보험 증서상의 조항들, 말하자면 강철
로 보호되는 이 타워의 어떤 교차 지점 각각에 외부, 내부 혹
은 지진을 통해 가해진 충격이 전반적인 안정성을 흔들어놓
을 수 없다고 하는 계약 조건에 대해 골똘히 생각하던 보험
회사들에게 강한 인상을 남겼던 전문 지식도 그에게서 나온
것이었다. 사실 여기에 중요한 균형들이 생겨나긴 한다. 타워
동쪽 모서리에 비해 서쪽 모서리가 중력 방향으로 과도한 하
중을 받게 되면 개별 타워의 북쪽 모서리와 남쪽 모서리가 그
인력을 상쇄시키며 균형을 잡는다. 뉴욕에 있는 세 개 대학에
서 인정받은 석사 엔지니어이자 구조역학자인 이 남자는 800
페이지에 걸쳐 개연적인 사건들을 줄줄이 나열하면서 하나
의 의미 있는 예언이 담긴 페이지를 쓰려고 애썼다. 그중에서
부주의했다고 부를 만한 것은 하나도 없다.

9월 11일에 있었던 불행한 사건에서 특별한 것이 있다면 그것은 특별한 임의성이고 그 암살자들에게 있었던 일정 정도의 부주의함이었다. 그들은 어떤 것도 정확하게 계산하지 않았다. 모든 것이 생각이었을 뿐이다. 그들은 그러한 부정확함을 가지고 비개연적인 것과 간신히 겨우 개연적인 것 사이의 접합부 속을 쑤시고 들어갔다. 이 접합부는 구조역학자에게 특히나 계산하기 어려운 것이다.

재앙에 대해 계획된 대항 수단

그 건물 정상 높이로부터 공급되는, 스프링클러 장치를 위한 물. 이 장치는 해당하는 층에, 그리고 해당하지 않는 층에도 역시, 관통당한 층의 높이에까지 매우 정확하게 비처럼 물을 뿌렸다.

— 뜨거운 돌 위에 떨어지는 물방울 같은 것 아닌가요?
— 이런 정도로 위험한 경우에는 스프링클러 장치 하나가 상당 양의 물을 뿌릴 수 있습니다. 물방울이라고는 말하고 싶지 않네요.
— 그럼에도 효과는 없었지요?
— 등유가 타지 않았던 층들에서 가장 안전하게 불이 꺼질 수 있었습니다. 물론 불이 활활 타던 곳에서는 소

용없는 일이었지요.

이 초고층 빌딩 지붕 면에는 헬리콥터 착륙장이 있다.

—더 위층에 있던 사람들을 대피시킬 수 있지 않았을
  까요?
— 그 층들 창문에서 사람들이 보였지요.
— 밧줄을 내려 헬리콥터로 끌어올릴 수 있지 않았을
  까요?

그런 훈련이 있기도 했다. 두 타워 중 하나의 지붕으로 대피
하려는 3,000명이 넘는 사람을 끌어올리는 일은, 헬리콥터
를 보유한 특수 훈련을 받은 부대가 있었다면—건물이 움직
이지 않고 있었다면, 그리고 연기가 올라와서 착륙을 불가능
하게 만들지만 않았다면—가능했을 것이다. 게다가 당시
건물에 접근했던 헬리콥터 파일럿은 전문적으로 교육
받지도 못했다. 그들은 교통 사고를 해결하거나 뉴욕 시
위로 소식들을 퍼트릴 수는 있었을 것이다. 전문적인 교
육을 받은 헬리콥터 파일럿들은 건물이 무너진 후에야
생겨나기 시작했다.

철골 건설과 소방

—철골 구조에 전문가인 엔지니어들이 뉴욕 소방대에
  얼마나 많이 있습니까?

— 여든일곱 명입니다.

— 그들이 그 자리에 있었습니까?

— 모두 소집해야 했습니다. 열두 명은 휴가 중이었고 열여섯 명은 특별한 전문 지식이 필요한 미사일 방어 시스템 프로젝트를 위해 파견 중이었습니다. 평가서를 작성하고 있었습니다.

— 제시간에 도착한 세 명은 어떤 조언을 했나요?

— 이런 규모의 일에는 경험이 전혀 존재하지 않습니다. 그들은 강철 구조물의 강도를 계산해볼 수 있을 것이라고 했습니다. 도대체 누가 그런 사건을 계산에 넣었겠습니까?

전쟁 중에는 공습용 벙커가 있지 않느냐고 나중에 토론에서 이야기가 나왔다. 고층 타워 안에 있다가 무너지는 건물에서 마치 방앗간에서처럼 짓눌려 갈린 사람들을 위해서는 어떤 구조용 공간도, 어떤 구조용 구역도 없었다.

— 알프스 터널들에서의 구조 작업과 케이블카 사고를 통해 경험이 쌓인 빈Wien 소방 전문가들은 지하 틈새 공간에 파묻힌 사람들을 구조할 기회를 잃고 말았다고 주장합니다.

— 잔해 속과 바깥 구조센터의 핸드폰들 간에 하루하고 반나절 이상 활발하게 통신이 지속되었다고 말씀하

시는 거지요?

— 네, 바로 그렇습니다. 그 빈의 소방 전문가들은 바다 바닥으로 가라앉은 대양의 초대형 선박처럼, 어쩌면 단지 둘에서 스물네 명의 사람들에게만 효과가 있을 뿐이겠지만, 강철 받침대와 틈새 공간들을 통해 규소로 이루어진 잔해에 산소를 담은 기포, 공기가 통하는 동굴들이 생겨날 수 있다고 주장했습니다.

— 그저 생각일 뿐이겠지요?

— 우리는 알 수 없습니다. 통계적인 개연성을 따라 생각해볼 때 그런 틈새 공간들은 생겨났어야 합니다. 그리고 틈새 공간들이 있는 곳에는 구조가 있지요.

— 그렇지만 이런 총체적 사건에서 무엇이 대체 개연적이란 말입니까?

— 틈새 공간과 관련해 얘기하자면 사실 개연성이라고는 전혀 없습니다. 광산에서 일어난 재난에서 얻은 경험만 있을 뿐이지요.

— 이 이론을 옹호하던 빈의 구조요원들이 짐을 싸서 뉴욕으로 가는 비행기에 오르려고 했다고요?

— 그들은 떠날 준비가 되어 있었습니다.

— 그렇다면 왜 그들은 소환되지 않은 것입니까?

— 저는 그것이 자만심은 아니었다고 생각합니다. 이 제안들은 상황이 경황없이 빠르게 흘러가는 중에 가라앉고 말았습니다. 빈 소방대는 기다렸고, 뉴욕 사람들은 그 사실을 알지 못했습니다. 적어도 어느 특

> 정 관청에서는 빈 사람들이 대답을 기다린다는 사실
> 을 알지 못했습니다.
> ─ 빈의 구조요원들은 곧장 비행기를 탔어야 했어요.
> ─ 대답도 기다리지 않고 말입니까?
> ─ 바로 그렇지요.
> ─ 그러면 비행기 삯은 누가 부담합니까?
> ─ 성공하는 경우에 알아서 처리가 되었을 겁니다.

사암의 불가사의한 반응

히틀러가 볼가 강에 설 때
라인 강을 따라 차례차례 성당들이 무너지리니.

스위스에 사는 레뇽 C. 이뛰르베라는 이름의 예언가가 주장
을 했는데, 이는 1942년 8월 라인 강 지역정부 수장과 재난
대책 위원들을 심히 불안하게 만들었다. 그들은 대성당들에
건축 자문을 보냈다. 정말로 라인 강을 따라 믿기지 않는 병
적 현상이 교회 신도석을 엄습했다. 사암이 새기 시작한 것이
다. 아직은 의심 단계였다. 그렇지만 도시마다 거대한 건축물
들이 모래 더미가 된다면 얼마나 끔찍한 모습이 될 것인가.

공습 방어 부서는 인력 면에서 볼 때 재난 대책 부서나

161

다름없다. 이 부서는 지역정부 수장의 권한하에 있었다. 이 현상이 영국 공군의 야간 공습과 관련이 있을 가능성은 배제할 수 있었다. 차라리 폭탄들과 인광탄들이 큰 목표점이 될 수 있는 어마어마한 교회들을 거의 맞추지 않는다는 사실이 더 눈에 띄었다. 공격하는 측의 의도는 고려되지 않았다. 아무리 야간 공격에서는 목표 지점을 아주 정확하게 맞출 수 없다고 해도, 공격 계획자들은 목표물들을 완벽히 피하게 할 수도 없었을 것이다.

폭격으로 인해 땅이 흔들렸다는 사실과, "사방이 막힌 교회 공간 안 사암 내부에 모래들의 흐름"이 생긴 기묘한 사실 간의 인과관계는 배제되었는데, 공격받은 도시들의 대성당들과 마찬가지로 공격받지 않은 도시들의 대성당들도 같은 현상을 보였기 때문이었다.

그 달에는 제24장갑차부대의 선봉이 볼가 강을 향해 돌파해가고 있었다. 어마어마한 넓이를 가진 여름에만 흐르는 강. 강변을 따라 심은 농작물들(온실 포함)과 드문드문 지어진 산업 시설들. 총통은 이 전선을 방문하지 않았다. "히틀러가 볼가 강에 섰다"라는 말은 성립될 수 없었다. 다른 한편 라인 강변 대성당들의 붕괴 과정 역시 아직은 그 시작에 불과했다.

스위스 예언가를 처벌하거나 침묵하도록 명령을 내리는 일은 염두에 두고 있지 않았다. 군사 관청들 차원에서는 이런 일들에 요구되는 극도의 비밀을 유지했고 그래서 의견은 더 교환되기 힘들었다. 어떻게 표현을 해야 할 것인가? 그 예언을 믿고 있다는 의심을 주는 일을 피하면서, 다른 한편으로는 재앙적인 결과에 맞서, 만약에 근거가 충분하다고 증명된다면 어떻게 대응책을 세울 수 있을까? 히틀러를 볼가 강으로 가게 하는 일을 막을 수 있을까? 그가 그런 일을 대체 계획이나 하고 있는지 어디에서 알 수 있단 말인가?

라인 지역 출신 특유의 쾌활한 성격을 지닌 정부 참모 에리히 뢰베는 실행 가능한 단 한 가지 탈출구를 찾아냈다. 대성당들에 비계를 세우고 건축 구조물의 하부를 콘크리트로 둘러서 폭격으로 인한 손상을 막는다는 소식이 통지되었다. 이것이 이 건축물들을, "모래 시계가 떨어지고 있"더라도─천상의 힘들이 일을 하고 있지 않을 때에도─지탱해주었다. 최종적으로 사람들은 말이죠, 그 건축 전문가가 말했다, 신의 집들을 콘크리트로, 사암으로 된 그 형상이 완전히 허물어지기 전에 다시 지어놓을 수 있을 겁니다.

─그렇다면 그 대성당들은 순전히 **겉보기용 껍질**이 아닙니까, 뢰베 동지?

─파괴는 되지 않겠지요.

─새어 나가는 모래 때문에 12세기에 만든 내부 건축이 파괴되지는 않을까요?

163

―새로 정비되어야 할 겁니다.

―보전 건축 자체에는 성스러움이 없는 걸까요?

―성스러움이란 건축 재질 문제는 아닙니다.

그리고 겨울에는 라인 강변 대성당들의 모래 흐름이 멈추었
다. 대성당들은 어쩌면 1942년 7월과 8월에 있었던 오래 지
속되는 건조한 바람의 동쪽 편류 때문에 위협을 받았던 것은
아닐까? 이 해 말, 그 수백 년간 지속되던 공격적인 바람의 서
쪽 편류가 다시 돌아왔을 때 이 거대 건축물들은 잠잠해졌다.

"날아다니는 요새들"은 보덴제 호수에서
어떻게 사라졌는지

조그맣게 보이는 프리드리히스하펜 도시 위를 지나 보덴제
호수로 서둘러 전진하던 "날아다니는 요새(플라잉 포트리스
Flying Fortress)"9들은 틀림없이 실종된 것으로 여겨졌을 것이
다. 그것들은 겉으로는 거대한 비행기로 보였지만 내부적으
로는 대공포탄에 의해 누더기가 되어 있었고, 몇몇 기체들은
불타고 있었다. 호수 위를 나는 이 기체들은 조종되고 있지

9   B-17 폭격기의 별칭이다.

않았다. 그러지 않았다면 땅 위를 날며 서쪽으로 방향을 돌려서 거기서 집으로 비행을 해나가고 있을 터였다. 호수 중심부 정도에서—우리는 그 참혹한 광경을 스위스 편 물가에서 지켜보았다—그것들은 시간이 지날수록 아래로 기수가 기울더니 마침내 물에 부딪쳤다. 낙하산 몇 개가 내려왔는데, 거기에는 죽은 이들이 매달려 있었다.

우리 국경 경찰을 실은 보트들이 스위스의 중립성이 영향을 미치는 곳까지 표시를 했다. 구조대나 경찰은 거기까지만 갈 수 있도록 허용되었다. 이 선은 폭격기들의 추락 지점까지는 미치지 못했다. 프리드리히스하펜에 퍼부은 공습을 계획한 입안자가 그 무거운 기체들을 계속해서 프리드리히스하펜 옆에 위치한 산업 시설 위로 투입했다는 사실에서 일종의 특별한 완고함이 거기 존재한다고 할 수 있다. 이 영역은 예전에 이미 다 파괴되었다. 그럼에도 불구하고 소위 "대공용 덫"인 독일 대공 방어대가 이를 수호하고 있었다. 영국 비행기들이 공습을 위해 날아오던 것과 동일한 완고함이었다.

"날아다니는 요새"의 승무원들이 산업 시설에 폭격을 퍼붓는 대신 이들 옆에 놓인 "목표물들"에 폭탄들을 떨군다는 점도 바꿀 수가 없었다. 그들은 (파괴된, 갈아엎어진) 산업 시설들에서 시작된 포격을 "본능적으로" 피해서 그들의 폭탄들을 가능한 한 방어되지 않는 지대 위에 쏟아놓았다.

—"본능적으로"라는 말이 무슨 뜻입니까? 배가 경련하며 수축되는 것을 말하시는 것인지요, 아니면 공습 병사들 뇌에서 벌어지는 과정을 말씀하시는 것인지요?

—언어 혼동에 주목하게 하시는군요. "날아다니는 요새," 즉 일종의 날아다니는 산업 시설 혹은 공장이라 할 그 위에 있는 어느 누구도 비행 방향을 "본능적으로" 바꿀 수는 없습니다. 파일럿의 내장 근육이 어떤 작용을 해서 그의 손으로 그 영향을 옮겨놓아 경로를 빗나가는 것이 가능하게 되더라도 동료 파일럿이 그것을 교정하게 될 것입니다. 전체로서의 "그로테스크한 기계," 즉 개별 폭격기와 편대 대형의 총체가 중앙에서 조종되고 있는 것은 아닌가 의심할 정도입니다. 그렇기 때문에 인간의 근육이나 충동에 의해 생겨나는 개별적 이탈 요소는 잠재워지게 되며, 그런 점에서 개인의 본능적인 행위는 배제됩니다. "본능적으로"라는 말은 그런 점에서 "승무원 전체를 모두 사로잡은 감정"이라고 할 수 있겠습니다.

—그런 것에는 "지도부"가 영향을 행사할 수 없습니까?

—계획된 지도에 의해서는 불가능하지요.

—그리고 그런 것은 도시 옆에 놓인 산업 시설들에 폭격을 하는 대신에 도시에 대규모 폭격을 하지요.

—산업 시설들은 이미 다 뒤집어 엎어졌지요.

우리 목격자들은 다른 편 물가에 서서, 다시 말해 스위스에서, 자동 기능이 있는 아마추어 카메라를 가지고 있었는데, 이는 1938년에 생산된 필름을 내장하고 있었다. 우리는 그 과정을 필름에 담았다. 우리는 마치 그 호수 속으로 사라지는 기계들 모습에 사로잡힌 듯이 서 있었다. 카메라의 도움으로 우리는 그 "순간"을 붙잡아서 그것을 다시 재생할 수 있길 바랐다. 그러나 스위스에서 이 카메라에 담긴 필름을 현상할 수 있는 사람은 아무도 없었을 것이다. 1938년의 이 기계 사용 방법에 따르면 카트리지를 빼낸 다음에 그것을 데사우로 보내야 했다. 인화물을 확실히 돌려준다는 보증 설명서가 동봉되어 있었다. 카트리지를 사는 비용에는 이 회송에 대한 비용까지도 포함되어 있었다. 일찍이 이런 업무를 약속했던 데사우에 있던 그 공장은 이미 오래전에 파괴되었다. 그렇게 카메라에 담긴 필름은 남아 있게 되고 전쟁이 끝난 이후에도 인화를 할 수 없었는데, 그것은 1938년의 "옛 필름"을 복제할 수 있도록 하는 기술이 다시 생산되지 않았기 때문이다. 우리가 우리 눈으로 지켜본 것만이 그 거대한 높이에서 추락한 거대한 비행기들이 실종되는 모습을 보여주었다. 이 인상은 장기 기억에서 전혀 빛이 바래지 않았다. 흔들리는 비행과 추락이 시작되는 순간까지는 1분 30초가 걸렸을 뿐이다. 추락 자체와 물속으로의 침몰은 30초가 채 걸리지 않았다.

적의 눈 속에 치는 번개

전쟁 중에 우파UFA 사[10]의 카메라맨들은 "눈에 담긴 빛"을 더 완벽하게 하는 데 점점 더 많은 가치를 두었다. 조명은 카메라 방향으로부터 빛을 비추면서 배우의 눈에 빛을 던지고 거기서 반사를 만들어내어 눈을 밝게 빛나게 한다.

근접전과 말을 탄 기사의 전투를 묘사하기 위해서는 (그러나 이는 어느 연인들의 첫 만남의 경우에도 마찬가지인데) 이 효과를 고정 카메라에 클로즈업으로 담게 된다. 전투 중 움직임을 담을 때는 여기에 몇 초 길이로 그런 클로즈업 장면을 끼어 넣어 편집한다. 그러면 적의 눈에서는 "번개가 친다." 사랑에 빠진 이의 눈에 빛이 나는 인상을 더 강조하기 위해서 특별한 편집이 필요하지는 않다.

현대전의 실전에서는 누구도 적의 눈에서 번쩍이는 빛을 보지 못했다. 가까이에 있는 적을 볼 기회가 거의—공중전에서는 실질적으로 전혀—없다. 차라리 명령을 집행하는 경우에나 눈빛 표현을 보여줄 수 있을 것이다. 1941년 이후에 우파 사의 영화 계획서에서 공중전은 오락 영화 주제로서 그 배경으로 등장한다. 폭격을 당한 사람들과 대공포 병사들의

---

10   1917년에 설립된 독일의 영화제작사로, 유럽에서 가장 오래된 영화사 중 하나이다. 나치 시대에는 국유화되어 프로파간다 영화를 만들기도 했다.

경험에서 출발한 시나리오들이 여러 차례 제안되었다. 긍정적으로 방향을 설정해서. 그중 어떤 제안도 전쟁이 끝날 때까지 실현되지 못했다. 검열 기구는 그러한 체험들이 형상화되면 민중 동지들이 전쟁에 투입되기에 부적격하게 되리라는 관점을 가지고 있었다. 공습용 지하실 안에 촛불로 빛을 밝힌 장면들이 있었다면 그 자체로 "눈에 담긴 빛"의 테크닉을 완벽하게 만드는 데 적합했겠지만.

총체적 치통齒痛/양차 대전 사이, 공중전을 위한 무장 초기(1923)에 나온 이야기

이탈리아의 두에 장군[11]이 베를린 카이저호프 호텔에서 강연하길, 리비아와 카라브리아로부터 온 부양비가 저렴한 실험 대상들이 먼지가 입 점막 피부에 닿자마자 예견되었던 격렬한 통증들을 확실하게 보여주었다고 하였다. 코 점막 피부들이 그 물질의 입자들 몇 개를 통해 자극될 때도 그 효과는 충분히 드러났다고. 장군은 덧붙여 다음과 같이 말한다. 그렇지만 이러한 전쟁 수단을 이제 종결된 것으로 여겨서는 안 됩니다. 더욱이 이것은 전쟁을 결정짓는 억압용 무기가 될 것입니

---

11   지울리오 두에Giulio Douhet(1869~1930). 이탈리아의 장군.
       공중전 이론의 창시자로 평가받는다.

다. 그 무기는 미래의 공중전들을 결정짓는 데 도움을 줄 것입니다. 그렇지만 훈련 지역에서 실험들을 한 결과, 이제까지 발견된 수단들로는 한 도시 전체에 화학 물질을 뿌려서 그렇게 수많은 인간들의 입에 동시에 충분히 닿게 하고, 이 사람들이 구조 수단을 마련하기 전, 예를 들면 젖은 수건을 입과 코에 댈 수 있게 되기 전에 경악스러운 공황 상태(다시 말해 전투에 결정적인 순간)가 생겨나도록 하는 것이 불가능하다는 사실은 이미 드러났습니다. 실험 대상들은 입을 열고 있도록 여러 차례 주의를 받아야 했는데, 그렇게 하지 않으면 "먼지 비"가 거의 영향을 미칠 수 없었기 때문입니다.

전쟁 상황에서는 그렇게 해서는 충분한 공정이라고 할 수 없습니다.

화학 "무기"는 건조한, 매우 미세한 먼지들로 이루어져 있습니다. 바람의 저항과 바람은 그 전쟁 수단 물질이 비행기에서 배출되자마자 모든 방향으로 날아가버리게 합니다. 여기에 더 나아간 문제점이 놓여 있습니다, 라고 장군이 덧붙였다. 비행기를 둘러싼, 비행하면서 생기는 바람에 대항해서 그렇게 많은 양을 삽으로 떠내어 배출시킬 수가 없습니다. 그 먼지는 "뿌려져야" 했습니다. 훈련 지역 위에서 있었던 실험에서는 오직 적은 양만이 적당한 시간에 특정한 지역 바닥에와 닿았습니다.

분사하거나 뿌리는 일을 전투기가 목표물에서 5킬로미

터에서 7킬로미터 거리를 두고 있을 때 시작해야 하지 않을까요? 목표물을 도시 중심부에서 측정하였습니까 아니면 도시 수변부에서 측정하였습니까? 저공 비행을 하면 비행기에 있는 승무원들까지 그 장소에 뿌려진 해로운 물질에 닿을 수 있다는 점에서 위험해지지 않을까요? 질문에 질문이 이어졌다. 장군은 반복해서, 실험 단계라 이 질문들 중 어느 것도 결론을 낼 수 없다고 말했다. 그러나 아직 완성되지 않은 이 무기에 한 가지 장점이 더 있다면 한번 유발된 고통이 맞은 자리부터 치아 전체로 점점 더 확대된다는 점에 있다고 했다. 인간의 두뇌는 (그 사회적이고 수다스러운 본성에 기초해) 각자가 예감을 할 수 있는 능력이 있다고 장군은 말했다. 고통의 파동 같은 구조 때문에 그 고통이 한번 풀려나게 되면 현재는 비활성화된 신경들이 합창을 하면서 점점 더 강하게 형성되게 됩니다.

그 실험 대상들의 이빨을 뽑아버려도 아무런 소용이 없었습니다. 이 물질은 그런 경우에도 환상통이 일어나도록 작용했습니다.

장군이 이렇게 시인했다. 무엇보다 그 계획이 공중전 작전 대상은 아니라고(이탈리아 국가 영토에서는 가능했으나, 독일 제국에서는 그 당시에 허용되지 않았기에). 이 군사 작전들은 적의 도시들 위에 구름을 드리우고 있는 종 모양 가스라고 하는 더 단순한 개념 수준에 머물러 있습니다. 무거운 가스 구름은 확실하게 (버나드 종 개처럼 편안한 태도로) 가스로 마비시킬 지역으로 가서 거기서 모든 것을 죽이고, 더 정확히 말하면 아래에서부터 위로, 그리고 측면으로 작용할 것입니다. "종"에 하루 이상 가스를 공급하기 위해서 전투기 네 대가 기본적인 네 방면에서 도시 위로 날아가서 적합한 저장 용기를 싣고서 그 방향들로부터 가스를 살포하면 충분할 것이라고 두에 장군은 확언했다. 대도시를 덮으면 주요 방향에서는 재빠른 성공을 할 수 있지만 그 종을 며칠 이상 유지해야 하는데—적들이 이 무기에 대해서 만약 알게 되는 경우—가스가 침투하지 못하도록 하는 인공물과 가스마스크들이 어쩌면 특정 시간 동안 생존을 가능하게 만들 것이기 때문입니다.

카이저호프 호텔 홀은 5시경에 모두 다 대관된 상태였다. 1923년에는 대관 장소의 배치에 아직 관용이 있었다. 어느 "붉은" 조직이 그런 홀 하나를 빌렸다. 그 옆에는 "부르주아적인" 행사가 열리고 있었다. 공중전에 대한 회의에 참여한 사람들이 속하는 비밀 조직 회합 장소도 옆에 이웃하고 있었다. 구운 샌드위치가 담긴 7단짜리 손수레가 통로를 따라 차를 마시는 홀로 이동하고 있었으며 회의가 열리는 홀 안으로도 들어왔다.

두에 장군은 주장했다, 미래의 전쟁에서 적들은 전장에서 서로 개인적으로는 전혀 얼굴을 마주치지 않게 될 것입니다. 화학 폭격을 당한 측에서 조건 없는 항복을 하고 싶다면 그들은 중립 지대에서 서로 만나야 할 것입니다. 두에의 강연은 장거리 전쟁을 위한 계획의 최고점이었다. 그러한 장거리 전쟁이야말로 제1차 세계대전 당시 있었던 잔혹한 면모들을 철저히 피하기 위해 적합한 것입니다, 라고 장군이 말했다.

우주 전쟁으로부터 온 소식

별들로부터 불덩어리 비가 내린다. 미네소타에 사는 예언가 프레드 마이어슨의 웹페이지에는 이 비의 정확한 농도에 대해서 모순적으로 묘사가 되어 있었다. 그 불은 집들 전면부 크기의 압력으로 아래로 떨어진다고 쓰여 있으나, 또한 도시 구역 전체의 평면 크기라고도 되어 있다. "그리고 그것은 신의 손으로부터 온 것도 아니리라!"

　그 예언가가 자신의 복음을 적어나가는 동안에 표현할 말이 부족하여 고민했다. 그의 커피잔은 건드려지지도 않았다. 어떤 방식으로 우주 전쟁의 무기가 도시 지역 위에 영향을 미치게 될 것인지 그에게는 말로 표현하기가 매우 어려웠던 것이다. 또한 땅에 난 구멍들과 황폐화된 땅들과 텅 빈 바다(그러니까 그 하나하나) 역시 확실하게 묘사되고 있지 않았다. 그러나 레이저 무기에 상응할 법한 "이글이글 타는 화

살"로 그 영향을 규정해야 하는지, 아니면 널빤지나 평면으로 규정해야 하는지는 예언가의 진술로부터 이끌어낼 수가 없었다. 그의 웹페이지는 찾는 사람이 매우 많았다.

그러나 그 예언가는 종교적인 광신도는 전혀 아니었으며 고위직 미국 군사참모의 가명이었는데, 그는 탬파에 있는 우주 무기 체계 책임자였다. 그는 자기 지식에 대해 침묵해야 하는 엄격한 지시를 받고 있었다. 그러나 고위 계급 전문 인력 한 명이 결국 스스로 공개적으로 표현하고 싶어 하는 충동을 제거할 수는 없는 법이다. 경쟁적 무장 정책에 참여하는 이 사람은 그렇게 가짜 이름으로 인터넷에서 일을 하고 있다.

토마스 콤브링크
주해

알렉산더 클루게의 삶과 작품

알렉산더 클루게는 1932년 2월 14일에 알리체와 에른스트 클루게의 첫째아이로 할버슈타트에서 태어났다. 여동생 알렉산드라는 1937년 4월 2일에 태어났다. 클루게는 할버슈타트에서 부르주아적 환경에서 자랐다. 아버지(1892~1979)는 시에서 인정받는 의사이자 조산사였고 매우 고령의 노인들 사이에서 최근까지도 좋은 기억으로 남아 있었다. 알렉산더 클루게 부친 쪽 조부모, 직업이 회계사였던 카를 클루게(1857~1942)와 헤드비히 클루게(1864~1942) 역시 할버슈타트에 살았다. 알리체 클루게(결혼 전 성은 하우스도르프, 1908~1981)는 베를린 출신이다. 알렉산더 클루게의 부모는 1943년에 이혼하였다. 알리체 클루게는 그 후 변호사였던 에른스트 슈나이더(마찬가지로 할버슈타트 출신)와 결혼하여 그가 1964년 사망할 때까지 함께 베를린 샤를로텐부르크에 살았다. 알렉산더 클루게는 1946년에 베를린에 사는 어머니와 그녀의 새 남편에게로 간다. 1949년에 그는 마르부르크 대학에서 법학과 교회음악 공부를 시작한다. 여동생 알렉산드라는 할버슈타트의 아버지의 곁에 남아 있다가 1957년에 서독으로 와서〔〔옮긴이〕할버슈타트는 당시 동독 지방〕의사가 된다.

알렉산더 클루게는 1956년에 「대학의 자율성: 그 역사와 현재의 법적 형식Die Universitäts-Selbstverwaltung. Ihre Geschichte und gegenwärtige Rechtsform」이라는 논문으로 박사학위를 받는다. 마인 강변의 프랑크푸르트로의 이전은 인생에 중요한 결정이었는데 거기서 그는 프랑크푸르트 대학 관리국에서 법률가 시보로 일을 한다. 그는 프랑크푸르트에서 역사를 전공으로 두번째 학업을 시작하고 비판 이론의 주인공들과 접촉을 하게 된다. 클루게는 변호사이자 교육연구가였던 헬무트 베커Hellmut Becker(1913~1993)의 동료가 되는데, 베커는 그 당시에 프랑크푸르트 사회연구소의 법률 자문이었다. 테오도어 W. 아도르노Theodor W. Adorno(1903~1969)는 클루게와 아주 가까운 교우관계를 맺으며 1958년 그에게 영화감독 프리츠 랑Fritz Lang(1890~1976)과 일하도록 견습자리를 중개해준다. 이 자리는 영화 〈인도의 무덤Das indische Grabmal〉과 〈에쉬나푸르의 호랑이Der Tiger von Eschnapur〉(두 편 모두 1959년 작)의 시나리오 작업과 관련한 것이었다. 이 견습 경험들로 클루게는 작가영화 이념, 즉 한 사람의 손에 미적 책임이 놓여야 한다는 영화 생산의 방법론을 더 강하게 지지하게 된다. 그러나 클루게의 관심은 계속해서 문학에도 놓여 있었다. 1962년에 첫번째 책『이력서들Lebensläufe』이 출간되는데 비평가들로부터 긍정적으로 받아들여졌다. 같은

해에 이 작가는 처음으로 "47그룹Gruppe 47" 모임에서 낭독을 한다. 그 밖에 1962년 2월 28일에 오버하우젠에서 열린 제8회 서독 단편영화제에서 〈오버하우젠 선언〉이 있었는데 여기에 클루게도 서명을 한다. "아버지의 영화는 죽었다"라는 슬로건으로 독일 영화의 혁신을 요구하였고 1950년대 오락 영화들에 대항해 투쟁했다. 주로 제작자 편에서 규정되는 영화는 예술가적인 야심이 아니라, 관객들의 오락에 대한 욕구와 영화 프로젝트의 경제성이 전면에 서기 때문이다. 상업적으로 평가되는 규범들에 따라서 배우, 시나리오 작가, 감독, 카메라맨들은 영화로 경제적인 성공을 일구라는 압박을 받는다. 오직 "기성복 영화Konfektionsfilm"를 만들어내는 소위 "양념 범벅 시네마Zutatenkino"와는 반대로 "오버하우젠 그룹"은 "작가영화"를 내세운다. 〈오버하우젠 선언〉은 에드가 라이츠Edgar Reitz(1932년생), 베르너 헤어초크Werner Herzog(1942년생), 폴커 슐뢴도르프Volker Schlöndorff(1939년생), 빔 벤더스Wim Wenders(1945년생), 라이너 베르너 파스빈더Rainer Werner Fassbinder(1945~1982) 감독과 같은 이들이 새로운 독일 영화(뉴 저먼 시네마)를 발전시켜나가는 데 영향을 주었다. 이 영화생산자 집단 안에서도 알렉산더 클루게는 가장 급진적인 영화 개념을 추구한다. 클루게는 예컨대 〈서커스단의 곡예사들Die Artisten in der Zirkuskuppel : ratlos〉〈애국자Die Patriotin〉 또는 〈감정의 힘Die Macht der Gefühle〉과 같은 많은 자신의 영화들에서 전통적인 서사를 갖는 영화 형식을 거부한다. 따라서 영화 재료들이 줄거리 논리에 따라 편집되지 않는 일이 자주 있다. 클루게에게는 오히려 관객 머릿속에서 생겨나는 영화가 더 중요하다. 연상적으로 몽타주된 그림들은 부분적으로는 연출된 것이고, 부분적으로는 발견한 자료를 이용한 것인데, 이들 상호 간 맥락을 관객들이 자율적으로 만들어내야 한다는 것이다.

알렉산더 클루게는 그의 데뷔 영화이자, 여동생이 주인공을 맡았던 〈어제와의 이별Abschied von Gestern〉(1966)로 큰 성공을 거둔다. 이 영화는 1966년 베니스 국제영화제에서 은사자상을 받는다. 아니타 G의 이야기—아니타는 1937년 유대인 부모의 딸로 라이프치히에서 태어나 전쟁 후에 서독으로 도망치고 그곳에서 범죄를 저지른 후 집행유예를 받지만, 다시금 도주하다가 그사이에 임신을 하고 경찰에 자수하여 감옥에 들어간다(아기는 보호국으로 넘겨진다)—는 그의 문학 작품 『이력서들』[1]에 수록된 「아니타 G」에 기반한다. 여기서 그의 영화적 작업과 문학적 작업 간의 밀접한 연관성을 볼 수 있다. 영화에는 그가 책에서 묘사한 에피소드들이 자주 나온다. 영화 〈강한 남자 페르디난트Der starke Ferdinand〉(1976)는 「자본의 볼셰비키주의자Ein Bolschewist

---

1   『이력서들』, 이호성 옮김, 을유문화사, 2012 참조.

des Kapitals」 이야기에 기반을 둔다. 「아이 넘겨주기Übergabe des Kindes」 이야기는 영화 〈남겨진 시간에 대한 현재의 공격 Der Angriff der Gegenwart auf die übrige Zeit〉(1985)에서 서사 요소를 이룬다.

1970년대 초부터 알렉산더 클루게는 영화감독과 작가로서의 직업 외에 이론 영역에서 능력을 발휘한다. 그는 사회철학자인 오스카 네크트Oskar Negt(1934년생)와 함께 1972년에 이론서 『공론장과 경험Öffentlichkeit und Erfahrung』을 펴낸다. 이 협업은 방대한 분량의 책 『역사와 고집Geschichte und Eigensinn』(1981)으로 계속 이어진다. 네크트와 클루게는 노동력의 역사적인 조건을 규정하면서 노동하는 주체의 사회적 위치에 대한 연구를 시도한다. 그들은 노동을 무엇보다 휴식 시간이 아닌 시간으로나 업무종사 관계의 틀 안에서가 아니라 전체적인 개념으로서 이해한다. 우리 몸의 조직, 세포들도 일을 한다. 우리가 다른 사람들과 인간 관계를 맺을 때 우리는 종종 관계를 맺는 작업이라는 말을 쓴다. 그리고 전쟁 중 군인은 어떤 종류의 노동을 하는가?

1980년대에 알렉산더 클루게는 영화감독으로서의 일을 그 당시 막 생겨나기 시작한 상업 텔레비전으로 옮겨놓는다. 방송에 관한 독일 연방법에 따르면 상업 방송국은 독립적인 제삼자가 방송 시간 일부를 사용할 수 있도록 해야 한다. 클루게는 1987년에 설립한 회사 dctp(〔옮긴이〕텔레비전 프

로그램 개발사Development Company for Television Program의 약
자)를 통해 이 제삼자 방송 라이선스의 일부를 확보한다. 이
시간들은 클루게 자신의 프로그램들뿐만 아니라 슈피겔 TV
나 슈테른 TV와 같은 포맷들로 채워진다. 1987년 이래 방송
된 클루게의 텔레비전 작업은 일종의 문화매거진 형식으로
대부분 학자, 영화감독, 작가, 미술가, 배우, 시대의 증언자
나 정치가와의 인터뷰로 이루어져 있다. 현재까지 25년이 넘
는 기간 동안([옮긴이] 2014년 기준) 3,300편이 넘는 클루게
의 프로그램들이 방송되었다. 그의 가장 유명한 대화 상대로
는 하이너 밀러Heiner Müller(1929~1995),[2] 크리스토프 슐링
엔지프Christoph Schlingensief(1960~2010),[3] 페터 베를링Peter
Berling(1934년생),[4] 헬게 슈나이더Helge Schneider(1955년생),[5]
그리고 요제프 포글Joseph Vogl(1957년생)[6]이 있다. 그 와중에

2   동독 출신의 시인, 극작가, 연극연출가. 20세기 후반의 가장 중요한
     독일 극작가 중 한 명으로 꼽힌다.

3   연극, 영화 연출가, 퍼포먼스 예술가. 매우 실험적이고 도발적인
     작품들로 유명하다. TV, 연극, 영화에서 악동 같은 도발적인
     이미지를 자주 보여주지만, 바이로이트 페스티벌에서 바그너의
     오페라를 연출하기도 했다.

4   영화제작자, 배우, 작가. 파스빈더의 제작자로 유명하며 그의
     전기를 쓰기도 했고, 다른 뉴 저먼 시네마 감독들과도 매우 밀접한
     교우관계를 맺었다. 2017년 사망.

5   코미디언, 배우, 즉흥연주자. 클루게와는 주로 텔레비전 즉흥극을
     같이 연출한다.

6   베를린 훔볼트 대학의 문학교수. 독창적이고 시의적인 문학, 매체,

진짜 인터뷰와 꾸며진 인터뷰를 구분할 수 있다. 헬게 슈나이더나 페터 베를링은 대담 중에 클루게가 그들에게 주는 어떤 역할을 수행하는 데 반해, 요제프 포글이나 디르크 베커Dirk Baecker(1955년생)[7]와 같은 학자들은 전문가로서 자신들의 전문 영역에서 등장한다.

문학적 작가로서 알렉산더 클루게는 오랜 기간 휴지기를 가진 후에 2000년에 『감정의 연대기*Chronik der Gefühle*』—1962년부터 출간된 문학적 텍스트들과 출판되지 않은 이야기들을 담은 모음집—를 펴내면서 다시금 존재를 드러낸다. 2000년 이후에 클루게는 책을 몇 권 펴낸다. 2003년에 『악마가 남긴 틈새*Die Lücke, die der Teufel läßt*』, 2006년에 『문을 서로 마주 댄 다른 삶*Tür an Tür mit einem anderen Leben*』, 2007년에 『시네마 스토리*Geschichten vom Kino*』가 출간되고, 그 후 『부드러운 힘의 미로*Das Labyrinth der zärtlichen Kraft*』(2009), 『12월 *Dezember*』(미술가 게르하르트 리히터Gerhard Richter와 함께 2010년 출간), 『단단한 널빤지 뚫기*Das Bohren harter Bretter*』(2011), 『다섯번째 책*Das fünfte Buch*』(2012), 그리고 2013년에 『"위안의 말을 건네는 자가 배신자다."*"Wer ein Wort des Trostes spricht, ist ein Verräter."*』를 출간한다. 주어캄프 출판사

사회 이론들로 명망이 높다.
7   비텐/헤르데케 대학의 문화학, 경영학 교수. 니클라스 루만Niklas Luhmann의 체계이론의 계승자 중 한 사람이다.

영화에디션Filmedition에서 〈이데올로기적 고대로부터 온 소식들Nachrichten aus der ideologischen Antike〉(2008),[8] 〈신뢰의 열매들Früchte des Vertrauens〉(2009), 〈자신을 믿는 자는 말에서 추위를 가른다Wer sich traut, reißt die Kälte vom Pferd〉(2010), 그리고 〈이야기의 이론Theorie der Erzählung〉(2013)을 [DVD로] 펴낸다.

알렉산더 클루게는 수많은 상을 받았다. 1968년에 그는 〈서커스단의 곡예사들〉로 베니스영화제에서 황금사자상을 수상한다. 문학 작품으로 받은 상 중 주요한 것만 꼽아보면 1979년 브레멘 시 문학상, 1985년 클라이스트 상, 그리고 2003년 게오르크 뷔히너 상이 있다. 2009년에는 테오도어 W. 아도르노 상이 그에게 주어진다. 그가 살면서 영화에 바친 공로로 2008년 독일 영화상을, 텔레비전 작업으로 2010년 아돌프 그림메 상을 받는다.

8   〈이데올로기적 고대로부터 온 소식들〉이 2015년
      베니스비엔날레에 초청되었을 때 연계해 출판한 동명의 영어판
      소책자가 다음의 책에 번역, 수록되어 있다. 세르게이
      에이젠슈테인·알렉산더 클루게, 『〈자본〉에 대한 노트』,
      김수환·유운성 옮김, 문학과지성사, 2020년.

제2차 세계대전 중 독일에 대한 폭격전

제2차 세계대전 중 공중전은 적과의 전투에서 중요한 군사적 수단이었는데, 이는 독일에서나 영국과 미국 편에서나 마찬가지였다. 전쟁이 진행되면서 연합군의 공격은 독일 도시들을 더 강력히 겨누게 되었다. 군사적이거나 경제적인 목표물들만 폭격을 당한 것이 아니라 시민들 역시 폭격 대상이 되었다. 그렇게 독일 국민의 사기를 떨어뜨릴 수 있을 것이라는 생각이 그 배경에 서 있었다. 1942년 2월 14일 영국 내각 공중전 담당부의 지역 폭격 지침Area Bombing Directive에는 공습은 무엇보다 적국 주민들의 사기를 떨어뜨려야 한다는 내용이 나와 있다. 이 접근 방식에는 독일 국민이 전쟁에서 이길 가망이 없음을 인식하고 자신들의 정부에 등을 돌리게 함으로써 이 공중전을 끝내게 하려는 희망이 담긴 것이다. "도시를 파괴함으로써 거기 사는 주민들의 저항 정신을 없애버려야 합니다"라고 알렉산더 클루게의 『1945년 4월 8일 할버슈타트 공습』에 나오는 로버트 B. 윌리엄스 준장은 『노이에 취리혀 차이퉁』의 한 통신원과의 대화에서 말한다.

아서 해리스Arthur Harris(1942년 2월 영국 공군 폭격기 사령부 최고사령관으로 임명받았다)가 매우 지지했던 "융단 폭격 지침"은 물론 공중전 수행에서 생기는 기술적인 어려움에 대한 일종의 반응이었다. 현대 무기로는 주택이나 산업 시설, 다리, 심지어 움직이는 자동차도 정확하게 맞힐 수 있지만, 제2차 세계대전 중에는 그러한 기술이 아직 발전되지 못했다. 독일 도시들에 대한 야간 공격은 어떤 면에서는 폭격기에 유리했는데, 비행기가 어둠 속을 날아 땅에서는 잘 보이지 않았기 때문이다. 그러나 다른 면에서 폭격기 역시 바닥에 있는 목표물을 맞히기 위해 밤하늘에서 많은 노력을 기울여야 했다(이 어려움이 너무 심해서 때로는 잘못된 도시들 위로 날아가게 되는 일도 있었다.) 제2차 세계대전이 진행되는 동안 물론 폭격기 부대들의 위치측정 체계는 점점 좋아졌고 목표 정확도도 높아졌다. 폭격 효율성은 특히나 독일의 방어 체계가 마비되고(독일 군수 산업은 전투기 생산과 파일럿 양산을 맞출 수 없었다) 전쟁 말기에 영국과 미국이 큰 손실 없이 공습을 할 수 있게 되면서 더욱 높아졌다.

독일 도시들과 민간인들에 대한 연합군의 공습 방식에는 불 폭풍을 만들어내는 것도 포함되어 있었다. 불 폭풍은 소위 굴뚝 효과가 생긴다는 점에서 단순히 큰 화재와 구분된다. 굴뚝 효과가 생기면 점점 강력한 열기가 생겨나면서 소용돌이가 생기는데, 이는 계속해서 맑은 공기를 화재 지점으로 끌어오고 불을 더 부채질한다. 제2차 세계대전 당시에 불 폭풍을 생산하는 일은 무엇보다도 공격 대상인 도시 구조와 관련이 있었다. 예컨대 자연스럽게 생겨난 건물들이 좁게 서로 붙어 서 있고 불에 탈 수 있는 물질이 많이 있던 구 도시 시가가 특히나 불 폭풍에 적합했다. 불 폭풍을 일으키려면 또한 다양한 종류의 폭탄을 사용해야 한다. 그래서 첫번째 공격 파도로 오는 폭격기는 먼저 블록버스터 폭탄을 떨어뜨리는데, 이는 건물 창들과 지붕을 날려버리려는 것이다. 동시에 도시 땅속까지 파고들어서 수도관을 무력하게 만들어버리는 고폭탄으로 작업을 한다. 두번째 공격 파도에서는 소이탄을 떨어뜨리는데, 이는 지붕 서까래 안으로 들어가서 불을 지른다(프리드리히Jörg Friedrich,『화재*Der Brand*』, 22~24쪽 참조). 불 폭풍과 관련하여 가장 심각한 예 중 하나는 1945년 7월 27~28일 밤 영국 폭격기 729대가 행한 함부르크 야간 폭격인데, 폭격기 적재함의 절반이 넘게 소이탄이 실려 있었다. 이날 밤에 18,000명이 넘는 사람들이 사망했다. "폭격 후에는 끔찍한 광경이 펼쳐졌다. 다양한 단계의 화상을 입은 시신으로부터 작은 잿더미가 되어버린 시신까지 수천 구가 매우 다양한 자세와 위치를 취하면서, 조용하고 평화롭게, 또는 단말마의 고통으로 경련하면서, 벌거벗은 채 타들어가거나 옷을 입은 채 질식사하여 도로를 덮고 있거나 방공호를 가득 채우고 있었다"(부크Horst Boog,『유럽의 전략적 공중전*Strategischer*

187

Luftkrieg in Europa』, 39쪽). 희생자 수에 대해서는 다양한 보고들이 있다. 제2차 세계대전 중 연합군 공습으로 대략 독일 시민 60만 명이 죽었다고 자주 이야기된다(벤츠Wolfgang Benz, 『국가사회주의 백과사전*Enzyklopädie des Nationalsozialismus*』, 630쪽). 물론 폭격기 대대가 입은 극심한 피해에 대해서도 생각해야만 할 것이다. 1945년 발간된『미합중국 전략적 공습에 관한 조사*United States Strategic Bombing Survey*』의「요약보고서」(1쪽)에는 미국인 79,265명과 영국인 79,281명이 사망했다고 이야기되고 있다(벤츠의『국가사회주의 백과사전』630쪽에서는 그와 다르게 연합군 전사자가 대략 10만 명이었다고 보고한다). 이 보고서에 따르면 18,000대가 넘는 미군 폭격기와 22,000대가 넘는 영국군 폭격기가 추락하거나 더 이상 날 수 없는 상태가 되었다고 한다. 그러는 사이에 땅에 있던 사람들이 공습이 진행되는 동안 어떤 공포심을 버텨내야 했는지 상상하기는 점점 더 어렵기만 하다. 그들 중 많은 수는 질식하거나 불에 타거나 심각한 부상에 고통스러워하거나 돌 파편더미 산 아래 파묻혔다. 연합군 폭격기 조종사들역시 강한 심리적인 압박을 견뎌야 했는데, 독일군 전투기나 대공포에 맞아서 죽을 위험이 너무 컸기 때문이었다.

독일 시민들에 대한 공습의 도덕적 정당성에 대한 논의가 이미 전쟁 중에 연합군 측에서 있었다. 아서 해리스는 다음과 같은 논지를 전개하였다. 독일이 먼저 도시들을 공습하기 시작하였고, 그러므로 독일 시민의 이익에 관해 고려하지 말아야 한다는 것이었다. "나치들은 마음대로 다른 누구나 폭격할 수 있는데 절대로 거꾸로 폭격당하지는 않을 것이라는 상당히 유치한 미신을 가지고 이 전쟁을 일으켰습니다, 그들은 로테르담, 런던, 바르샤바와 거의 반백半百에 가까운 다른 장소에서 상당히 어리석은 자기 이론을 실행에 옮겼습니다. 바람의 씨를 뿌려놓았는데, 이제 그들은 폭풍을 거두게 될 것입니다"(1942년 영국 공군의 선전영화에서 아서 해리스가 구두로 한 표현임). 그러나 이미 그 당시에 많은 독일인이 이런 공습을 전쟁을 일으킨 사실에 대한 처벌이자 도시들을 먼저 폭격한 것에 대한 처벌로 이해했다는 점은 확실하다. 이런 맥락에서 자주 듣게 되는 질문은 폭격을 당한 독일인들이 (결국은 히틀러를 권좌에 올려놓은) 가해자인가 아니면 희생자인가 하는 것이다. 책임에 관한 질문은 그 폭격 사건들에 대해 이야기하기를 주저하게 만든다. 희생자는 자신에게 벌어진 부당함을 고발할 수 있고 다른 이들에게 해를 입힌 사람은 그 자신의 고통에 대해서 자기 말을 들어줄 누군가를 찾기 힘들다. 제발트W. G. Sebald(1944~2001)는 "사람들 수백만 명을 강제수용소에서 살해하고 죽음에 이르기까지 혹사한 민족이, 독일 도시들을 파괴하도록 명령한 군사 정책적 논리에 대해서 승전국들에 조사를 해달라고 요구할 수는 없었다"라는 의견을 적고 있다(『공중전과 문학Luftkrieg und Literatur』, 21쪽).

1945년 4월 8일 할버슈타트

지역 역사가인 베르너 하르트만Berner Hartmann은 할버슈타트에서 1945년 4월 8일에 있었던 일들에 대한 방대한 분량의 보고서를 작성한다(하르트만, 『불타는 할버슈타트*Halberstadt brennt*』 참조). 미 제8공군 일곱 부대가 이 일요일 아침에 영국에서 출발했다. 일곱 부대는 주로 B-17 원거리 폭격기 215대로 이루어졌는데 이들은 (머스탱 장거리 전투기의 보호를 받으며) 도시를 공습하고 역사적으로 중요한 도심의 대략 80퍼센트를 파괴했다. 희생자 수는 1,600명에서 2,000명 사이(그 당시에 대략 65,000명이 이 도시에 살았다)로 의견이 분분하다(노이만Klaus Neumann, 『애도의 기나긴 길들*Die langen Wege der Trauer*』, 203쪽). 하르트만에 따르면 날아온 폭격기 대형는 할버슈타트 공습경보사령부에 10시 45분에 처음으로 신고된다. 11시 10분에 경보가 울렸고 "11시 25분에 첫번째 폭격기 무리가 남서쪽에서 약 3,000미터 고도로 도시로 접근했다"(하르트만, 『불타는 할버슈타트』, 15쪽). 잠시 후에 첫번째 폭탄들이 떨어졌다. 그다음에 공습의 파도가 이어졌고 마지막 두 부대가 11시 54분에 화물들을 던져놓았다. 이 반시간 동안 고폭탄 504톤과 소이탄 50톤이 모두 할버슈타트에 떨어졌다.

외르크 프리드리히는 폭격에 있어서 미군이 채택한 "부

채꼴 폭격" 기술을 다음과 같이 묘사한다. "부채꼴 폭격이란 정확도를 기한 폭격인데, 점 목표 폭격과 평면 목표 폭격을 연결하는 방식이다. 예전에는 서로 반대 항이었던 것들을 조화시키는 방식이다. 점 목표 지점은 크고 잘 보이는 아우구스테 빅토리아 중고등학교였고, 평면 목표는 도시 중심부였다. 점 목표는 이 평면 목표 앞에 놓여 있었다. 점 목표는 정확히 표시되었고 점 목표에서 멀어지면서 폭탄이 정확히 평면 목표에 투하되었다. 점에서 평면으로 발전하는 기하학적인 형태가 부채꼴이다. 아래에는 회전 포인트가 있고 거기서 평면이 그 부채를 펼치게 된다. 모든 비행기는 남쪽으로부터 도시 위를 지나갔으며 다양한 각도로 꺾어서 북쪽, 북서쪽, 북동쪽으로 날아갔다. 그렇게 가장 정확한 방식으로 땅의 평면 목표를 파괴할 수 있었다. 오래된 전통 목조 구조물들은 남은 골격까지 다 타서 사그라졌다"(프리드리히, 『화재』, 357~358쪽).

할버슈타트는 그 당시에 전통적인 중세식 건물 구조 덕에 "북쪽의 로텐부르크"라고 불릴 정도로 명성이 있었다. 프란츠 카프카Franz Kafka(1883~1924)는 1912년 7월 하르츠 산으로 여행을 떠나 할버슈타트도 방문했는데 이 지역을 "완전히 오래된 도시"라고 묘사한다. "중세식 목골조 건물은 오랜 지속을 염두에 둔 건축 양식 같다. 나무 들보는 어디서나 휘어져 있고 이를 채운 충전재는 아래로 가라앉거나 배가 불룩하게 나왔다. 전체가 그대로 남아 있으며 기껏

해야 세월이 흘러 약간 아래로 내려 앉아 있을 뿐이라 그 때문에 더 튼튼해진다. 사람들이 창 안에 기대고 있는 모습이 그렇게 아름다운 것을 본 적이 없다"(카프카Kafka, 『일기들 1910~1923 *Tagebücher 1910~1923*』, 487쪽).[9] 그렇게 작은 도시에 많은 수의 교회와 대성당이 있다는 사실은 과거 주교령 도시였던 할버슈타트의 모습과 그 역사적 성격을 더 잘 말해준다. 할버슈타트는 804년 카를 대제에게 주교령으로 지정되면서 종교적 중심지가 되는데, 1179년 사자공 하인리히에게 파괴당하기도 했고, 1648년에는 영주국으로 브란덴부르크 제후령 구성부가 된다. 할버슈타트의 문학사적인 면모를 살펴보자면 무엇보다 대성당 비서관이었던 요한 빌헬름 루트비히 글라임Johann Wilhelm Ludwig Gleim(1719~1803)을 이야기할 수 있다. 글라임은 한편으로는 작가로서 활동했지만 다른 한편으로는 다양한 작가들과 지인 관계 내지 친한 관계를 유지했다는 사실이 매우 중요하다. 소위 "교우의 사원"에 그는 18세기 지식인들의 초상화들을 광범위하게 모아 전시해놓았다. 동시대 작가들, 이론가들과 친밀한 인맥이 있었다는 점에서 그는 클루게와 통하는 점이 있다.

프리드리히는 1945년 4월 8일 할버슈타트에 있었던 공습 중 폭격기들이 출발점으로 삼아 다양한 방향으로 날아가

9   프란츠 카프카, 『카프카의 일기』, 이유선 외 옮김, 솔출판사, 2017, 835쪽 참조.

면서 폭탄들을 떨어뜨리던 한 지점이 있었음을 지적한다. 그 당시 비스마르크 광장에 있던 아우구스테 빅토리아 중고등학교가 그 중심이었다. 당시에 호엔촐러른 거리에 있었던, 폭격기들이 목표로 삼았던 이 학교 바로 다음 구역부터 도시 파괴가 시작되었다. 클루게의 부모님 집은 폭격 후 불에 다 타버리는데, 그 집은 호엔촐러른 거리와 평행하게 나 있던 카이저 거리 42번지에 있었고, 마찬가지로 그와 평행하게 나 있던 스당Sedan[10] 거리를 사이에 두고 분리되어 있었다(이 거리들의 일부는 여러 번 이름이 바뀌었고 오늘날에는 다른 이름들을 가지고 있다). 미군들이 그 폭격 지점을 약간만 북쪽으로 옮겼더라면 클루게 가족의 집은 아마도 멀쩡히 유지되었을 것이다. 에른스트 클루게가 1946년에서 1979년까지 살면서 병원도 같이 운영하던 저택은 호엔촐러른 거리에 중고등학교 쪽을 향해 서 있었고 첫번째 폭격 선 밖에 있었다. 1945년 4월 8일, 즉 전쟁이 끝나기 4주 전 할버슈타트에 군사적인 의미는 전혀 더 존재하지 않았다. 이 도시는 무력하게 공습을 당했는데, 반격하는 방공포도, 전투기도 없었다. 수천 명에 달하는 사람들이 도시 밖으로 도망쳤고 벙커 비슷한 공간으로 지어진 슈피겔스베르게 동굴들에 숨었다. 피난 중에 그

<hr>

10   스당은 프랑스 도시로, 보불 전쟁 당시 이 도시에서 벌어진
        전투에서 프로이센이 승리한 것을 기념하기 위해 거리에 이 도시
        이름을 붙인 것으로 보인다.

들은 폭격기 흐름에 동행하던 전투기에 사격을 당했다. 하루 전인 1945년 4월 7일 이미 할버슈타트 역에 공격이 있었는데 탄약을 나르던 기차가 폭격을 당해서 폭발했다. "30킬로미터가 떨어진 곳에서도 폭발음을 들을 수 있었다"(하르트만, 『불타는 할버슈타트』, 12쪽). 그러나 이미 도시에 대한 공습도 이전에 산발적으로 있었는데 주로 융커스 공장이나 비행장과 같은 군사적 목표물들에 이루어진 것이었다. 베르너 하르트만은 1945년 4월 7일, 8일 이전에 비행기 공격이 모두 여덟 번 할버슈타트에 있었으며 사망자가 277명 있었다고 한다(같은 책, 11쪽). 1945년 3월 초에 할버슈타트에서 외부로 나가는 여러 간선도로에는 장갑차를 막기 위한 시설들이 세워졌는데, 이 도시가 점차 전선 지역에 포함되어가고 있었기 때문이었다. 미군 장갑차 선두는 60킬로미터 떨어져 있었다. 하르트만에 따르면 4월 8일이 되기 며칠 전에 도시 책임자들 사이에 할버슈타트가 방어를 해야 할지 아니면 도시를 넘겨주어야 할지에 대해서 토론이 있었다고 한다. 그들은 마침내 "국민돌격대Volksstrum"를 더 강하게 투입하기로 합의했다. 그러나 시장인 메르텐스는 방어에 대해 반대했는데, 이 시점에 도시에는 열네 개의 야전병원과 클리닉, 살바토르 병원에 부상자와 환자가 약 3,000~4,000명 정도 머물고 있었기 때문이고, 그 밖에도 문화역사적으로 중요한 도시였기 때문이었다(같은 책, 13~14쪽).

공습이 있고 3일 후인 1945년 4월 11일에 미군 부대가 할버슈타트를 점령한다. 그때 독일 측에서는 어떠한 저항도 하지 않았다. 3개월 후에 이 도시는 소련군 부대에 넘어가게 된다. 동독 시절에는 역사가 오래된 이 도시의 중심부를 재건하려는 관심이 전혀 없었다. 전통적 목조 구조의 집들은 썩었고 재건은 질질 끌 듯이 진행되었다. "역사가 오래된 중심부를 상실하면서 할버슈타트는 주민들만 잃은 것이 아니라 그 도시적 성격도 잃게 되었다. 폭격 후 수십 년이 지난 후에도 시청사를 포함하여 도심부가 있던 그 장소에는 그저 빈 평면만 있을 뿐이었다. 1959년 촬영된 사진에는 심지어 양들이 풀을 뜯고 있다"(노이만, 『애도의 기나긴 길들』, 206쪽). 그러나 재건이 지체된 반면에 동독에서는 4월 8일에 대한 왕성한 기억 문화가 존재했고 할버슈타트에서는 해마다 공습에 대한 기념행사가 개최되었다. 오늘날 예전 주민들이나 시대의 증언자들과 공습에 관하여 이야기를 해보면 특정한 이야기 방식들이 항상 다시금 회귀한다는 사실을 확인할 수 있다. 예를 들면 그 일요일의 햇빛 가득하고 유쾌했던 봄날 날씨와 공습의 끔찍함을 자주 대비한다.

「나중에 돌이켜볼 때 "현실적"이라는 말은 무슨 뜻일까?」라는 2005년에 벌어지는 이야기(『할버슈타트 공습』 2008년 판본, 98쪽)에서 알렉산더 클루게는 파괴된 부모님 집에 관해서 쓰고 있다.

"우리 집이 서 있던 자리(파괴 이후에도 아직 한동안 잔해가 같은 방향으로 서 있었다)를 가로질러 거주용 건물들이 세워졌다. 그 아파트들은 도로 쪽을 향해 정렬되었다. 예전에 있던 주민들 주택은 그와 반대로 낮은 쪽을 향해, 거리에서 등을 돌리고 정원 쪽으로 지어져 있었다. 이 기초 구획선들은 지워졌다." 실제로 오늘날 할버슈타트 발터 라테나우 거리에는 어떤 것도 더는 1945년 이전 주택들을 연상시키지 않는다. 클루게는 그가 1945년 4월 8일 일요일 아침에 주석 장난감 병정들을 정원에 세워놓고자 한 일을 기억한다. 그는 여동생과 부엌에 앉아 있었고 둘은 공습경보에 놀라는데(예비 경보가 선행하지 않았기에), 바로 근처에 폭탄이 떨어지기 시작했다. 둘은 곧장 지하실로 달려갔다. 겨울용 실내 정원 앞 의자들이 놓인 곳에서 아침 식사를 하고 있던 아버지도 서둘러 지하실로 내려왔다. 집에는 자알란트에서 온 한 가족이 숙박하고 있었고 그들 역시 가정부와 함께 지하실로 내려왔지만 몇 분 후에(두 번의 공습 파도 이후에) 시내로 도망갈 생각을 했는데, 시에서 시내가 더 안전하다고 보장했기 때문이었다. 이 가족은 공습 때 모두 사망한다. 클루게는 마지막 폭격기 대대가 남쪽으로 귀환하는 것을 보았다. 그의 아버지는 공습 후에 집에서 귀중품들을 꺼내려고 애썼다. 이웃해 있던 약국이 매우 심하게 폭탄에 맞았고 그 불이 옆에 있는 건물로 옮겨 붙었기 때문에 집은 전소되었다.

『1945년 4월 8일 할버슈타트 공습』은 처음에 『새로운 이야기들. 1~18번 노트. '시간의 무시무시함'*Neue Geschichten. Hefte 1-18. ›Umheimlichkeit der Zeit‹*』이라는 책에 포함되어 1977년 주어캄프 출판사에서 출간되었다. 클루게가 (주해자에게 직접) 강조한 바에 따르면 이 글의 집필은 그의 아버지인 의학박사 에른스트 클루게가 1976년 넘어지는 바람에 대퇴경부 골절상을 당해서 두 자녀가 그를 할버슈타트에서 병간호해야 했던 일과 관련이 있다고 한다. 그 당시 뮌헨에 살고 있었던 알렉산더 클루게는 자주 고향으로 돌아가서 그가 1945년 열세 살 때 겪은 공습에 대한 기억을 되살리며 건축적 측면에서 폭격으로부터 아직도 회복하지 못한 이 도시를 보았다. 『1945년 4월 8일 할버슈타트 공습』에서는 클루게나 그의 여동생, 아버지가 주인공으로 명시적으로 등장하지 않음으로써 이러한 주관적인 집필 이유가 숨겨져 있다. 『새로운 이야기들』서문(9쪽)에 이렇게 적혀 있을 뿐이다. "고폭탄의 폭발은 깊게 파인 자국을 남긴다. 이 폭탄에는 일종의 단축短縮; **Verkürzung**이 있다. 1945년 4월 8일 그런 것이 떨어져 파고드는 것을 나는 10미터 떨어진 곳에서 경험했다." 그 밖에도 클루게는 폴커 하게**Volker Hage**와의 인터뷰에서 이 이야기의 집필은 "노동을 통한 황폐화**Verschrottung durch Arbeit**"라는 제목의 『새로운 이야기들』속 산문 작품과도 관련이 있다고 덧붙이는데, 이 이야기는 부헨발트 강제수용소의 외부 수용소로 지어진 할버슈타트 근처에 있던 랑엔슈타인-츠비베르게 강제수용소에 관한 것이다. 『새로운 이야기들』에는 작가의 고향이 중요한 역할을 하는 다른 이야기들도 담겨 있다. 여기서는 클루게 아버지의 이력과 대퇴경부 골절상도 묘사된다(「1892년생Jahrgang 1892」, 317~331쪽). 클루게에 따르면 오스카 네크트와 함께 집필한 『역사와 고집』에 실린 대퇴부 뼈 그림도 아버지의 사고와 관계가 있다고 한다.

다른 작품들과의 맥락에서 『1945년 4월 8일 할버슈타트 공습』을 살펴보면 다음과 같은 사실을 확인할 수 있다. 『이력서들』(1962)과 『전투 묘사Schlachtbeschreibung』(1964) 초판과 같은 1960년대 문학 작품들은 아직 그림들을 작품에 사용하지 않았다는 점에서 나중에 나온 다른 책들과 구분된다. 『치명적 결과가 따르는 학습 과정Lernprozesse mit tödlichem Ausgang』(1973)에서는 처음으로 글과 그림이 뒤섞인 형식이 등장하는데 이 형식은 이후 책들에서 중요해진다. 전쟁은 1960년대 초부터 클루게의 주요 주제다. 『이력서들』과 『전투 묘사』에서는 제2차 세계대전 및 그와 관계가 있는 사건들과 과정들이 다루어진다. 그러나 클루게는 다른 작품들에서 나폴레옹의 원정이나 제1차 세계대전, 알렉산더 대왕의 전투들에 집중하기도 한다. 『1945년 4월 8일 할버슈타트 공습』을 쓰면서 클루게는 1960년대부터 있었던 탐구에 대한 의지를 계속 이어나간다. 호메로스로부터 셰익스피어와 톨스토이를 지나 헤밍웨이에 이르기까지 문학사에서 전쟁 상황을 묘사하는 경우들이 물론 종종 존재하지만, 공중전에 관한 묘사의 선구적 문학 사례는 거의 존재하지 않는다(20세기 현상들이기 때문일 것이다).

작가이자 문예학자였던 W. G. 제발트는 1997년 취리히에서 있었던 문학 강연(나중에 "공중전과 문학"[11]이라는 제목으로 출간된다)에서 1945년 이후 독일 문학에 공중전은 거의 반영되지 않거나 충분히 지속해서 반영되지 않았다고 주장하면서 논쟁을 불러일으킨다. 문학비평가 폴커 하게는 제발트의 비난은 오히려 수용의 문제와 관련이 있다고 반박하며 "공중전에 관한 많은 문학과 이야기들이 출간되었다"고 하는데(하게, 『파괴의 증인들Zeugen der Zerstörung』, 119~120쪽), 저 문학 작품들은 물론 빠르게 다시 잊히거나 거의 인지되지 못했다. 이 논쟁의 와중에 공중전을 주제로 하나 제발트가 언급하지 않았던 글들(무엇보다도 게르트 레디히Gert Ledig의 소설 『보복Vergeltung』)이 인용되었다. 그러면서 제발트가 문학 강연에서 문예학자로서가 아니라 무엇보다 작가로서 이야기했다는 점에 대해서는 잊혀졌다. 제발트에게

---

11   W. G. 제발트, 『공중전과 문학』, 이경진 옮김, 문학동네, 2018 참조.

는 물론 순수하게 양적인 측면, 그러니까 공중전에 관한 모든 소설과 이야기들의 실제적인 숫자만 중요한 것은 아니었으며 공중전에 대한 질적인 분석이 더 중요한 것이었다. 제발트는 문학 작품을 통해 인식을 가능케 하는 가능성에 대해 암시하며『공중전과 문학』안에서 공중전에 미학적으로 적합한 가공을 보여주는 작품과 역사적 사건들을 오히려 미화하는 산문 작품을 구분한다. 그가 높게 평가한 공중전에 관한 문학 작품 중에 알렉산더 클루게의『할버슈타트 공습』이 있다. 이미 1982년에「역사와 자연사 사이. 카자크, 노사크, 클루게의 작품에 대한 주해와 총체적 파괴에 대한 문학적 서술에 관한 연구Zwischen Geschichte und Naturgeschichte. Versuch über die literarische Beschreibung totaler Zerstörung mit Anmerkungen zu Kasack, Nossack und Kluge」란 제목을 가진 논문[12]에서 제발트는 클루게의 글을 언급하고 있다.『공중전과 문학』에서 제발트는 클루게를 "모든 작가들 가운데 가장 계몽된 자"(73쪽)라고 일컫는다.

1982년 제발트의 논문에 있는 클루게에 관한 구절은 주어캄프 출판사에서〔2014년에〕출간된 이 책 이전에 공중전에 관해 추가된 이야기 17편과 함께 유일하게 단행본으로 출간된 2008년판『1945년 4월 8일 할버슈타트 공습』에 같이 실

---

12   이 논문의 한글본은 W. G. 제발트,『캄포 산토』, 이경진 옮김, 문학동네, 2018에 실려 있다.

려 있다.

이 문제에 관한 수용과 관련해 중요한 것으로 1981년 동독에서 출간된 알렉산더 클루게 문학 작품 모음집 『클로파우의 교사 *Der Pädagoge von Klopau*』를 들 수 있는데, 여기에 『할버슈타트 공습』도 포함되어 있어 이를 통해서 할버슈타트 주민들이 처음으로 자신들의 도시에 대한 이 글을 읽을 수 있게 되었다.

『할버슈타트 공습』 출판에 대한 문학비평의 직접적인 반응은 1977년에는 그다지 많지 않았다. 두꺼운 책의 한 부분으로 들어 있었기 때문이었을 수 있다. 『새로운 이야기들』의 수용을 보면, 저 글이 이 새로운 출판물에서 중요한 요소라고 매우 빈번히 언급되기는 하지만 책에 대한 비평이라는 형식 안에서 정확히 분석되기에는 당연히 한계가 있었다. 볼프람 쉬테 Wolfram Schütte는 『프랑크푸르트 룬트샤우 *Frankfurter Rundschau*』 신문에서 한스 에리히 노사크 Hans Erich Nossack(1901~1977)의 『몰락 *Der Untergang*』(1950) 이래로 공중전에 의한 도시 파괴에 대해 이보다 "더 날카로운 순간 포착은 없었다"고 의견을 밝히고 있다(쉬테, 「미분 微分의 서사 시인 Der Epiker des Differentials」). 프리츠 J. 라다츠 Fritz J. Raddatz는 『차이트 *Zeit*』지에서 『새로운 이야기들』에 대해서 이렇게 적는다. "글들이 짐짓 서로 관련이 없어 보이지만 결국에는 예술의 놀라운 수단을, 즉 유일한 기초 인

201

과관계를 생산한다. 정당하게도 이 책은 '루트들(뿌리들)'이라고 부를 수 있을 것이다. 그것은 그 당시에 그랬기 때문에 오늘날 이런 상태가 이렇게 되어왔다고 알려준다"(라다츠,「시간의 무시무시함Unheimlichkeit der Zeit」). 마찬가지로『차이트』에서 발터 옌스Walter Jens는 이렇게 확언한다. "이제까지 철학 영역에 속했던 주제들(예를 들면 존재와 의식 사이의 불일치)을 클루게는 문학 안으로 불러들이고 개념으로 가져와 형상화했다—이 일은 존중받아 마땅하다"(옌스,「나의 문고본Mein Taschenbuch」). 그리고 외르크 드레브스Jörg Drews는 『쥐트도이체 차이퉁Süddeutsche Zeitung』지에 실린 비평에서 "18세기부터 오늘날까지, 부르주아 가정에서부터 학문 단체 회합에 이르기까지 이 책에서 다루는 이야기들은 현실을 강렬하게 보여주고 있으며, 심리적인 묘사부터 정치와 군사작전 명령권자의 위치에서 벌어졌을 법한 대화에 담긴 음조들도 매우 비범한 수준이다"(드레브스,「인간적 비관주의자?Ein humaner Pessimist?」)라고 강조한다. 한스 마그누스 엔첸스베르거Hans Magnus Enzensberger(1929년생)는 1978년『슈피겔Spiegel』지에 실린 비평에서 이 산문 작품을 "단어와 사진들로 이루어진 영화"(엔첸스베르거,『무정한 작가Ein herzloser Schriftsteller』, 81쪽)라고 묘사한다. 쿠르트 존타이머Kurt Sontheimer는『도이체 차이퉁Deutsche Zeitung』에서『새로운 이야기들』을 비평하면서 할버슈타트 공습에 대해서 어떤 언급도 하지 않는다(존타이머, 「천재를 찾으려는 헛된 시도Vergebliche Suche nach einem Genie」). 미하엘 첼러Michael Zeller는 『프랑크푸르터 알게마이네 차이퉁Frankfurter Allgemeine Zeitung』지 비평에서 할버슈타트 공습을 짧은 내용으로만 다루고 있으며 그에 대한 평가는 포기하고 있다(첼러, 「알렉산더 클루게의 재앙에 대한 침착한 시각Alexander Kluges unterkühlte Katastrophenoptik」). 알베르트 쉬른딩Albert Schirnding은 『메르쿠르Merkur』지에서 할버슈타트 공습 묘사가 1964년 『전투 묘사』의 후속작으로 서사 테크닉의 걸작"이라고 말한다(쉬른딩, 「어제와의 이별은 없다Kein Abschied von gestern」).

클루게의 영화 〈애국자〉(1979)에는 주인공인 헤센 주 역사 교사인 가비 타이헤르트가 학생들과 『할버슈타트 공습』을 읽고 그에 대해서 학생들과 토론하는 장면이 있다. 수업 시간에 다루는 부분은 국민학교 교사 게르다 베테의 구절, 즉 "아래로부터의 전략"이다. 할버슈타트 공습이 이 글을 집필한 이후에도 그리고 『새로운 이야기들』에 실어 출판한 이후에도 작가에게 아직도 주제상으로 중요하다는 사실은 클루게의 영화 〈애국자〉의 저 내용이 보여준다. 할버슈타트 공습 관련 글만 따로 모아 첫번째 단행본으로 나온 2008년판에서 클루게는 책의 마지막에 "공습에 대한 그 밖의 이야기

17편"을 더 모아놓는다(텔레비전 문화매거진에서 역시 제2차 세계대전 중 공습은 자주 다루어지는 주제인데 역사학자인 외르크 프리드리히와 함께한 방송들이 주목할 만하다. 웹사이트 www.dctp.tv에서, 영상 20편이 담긴 "폭격전 속 독일 Deutschland im Bombenkrieg"이라는 메뉴에서도 이 주제에 해당하는 텔레비전 영상 작업을 선택할 수 있다). 클루게가 덧붙인 이야기들은 중심 텍스트에 대한 주석이지만, 공중전이라는 주제는 다양한 방식으로 할버슈타트라는 지역적 관계를 넘어서고 제2차 세계대전의 시대적 순간들을 넘어선다. 그렇게 「재앙의 전조」라는 이야기에서는 2001년 9월 11일 뉴욕 트윈 타워〔세계 무역 센터〕에 대한 공격을 다룬다. 「총체적 치통」은 그와 반대로 "두 세계대전 사이에 공중전을 위한 무장이 시작"된 것을 다루는데, 화학 물질을 투하하여 치통을 일으키려고 시도한 연구를 다루고 있다. 「잠자리」라는 이야기는 주제에 대한 연상적 접근법이라는 클루게의 이야기 방식을 명확히 보여준다. 이 텍스트는 스위스 그라우뷘덴 주에 있는 호수를 다루고 있는데, 그 물 표면에는 특별한 종류의 잠자리가 수십만 년 동안 진화를 해왔다. 화자는 그의 아버지가 1938년에 그 잠자리를 잡아서 집의 정원 연못에 풀어놓았다고 보고하고 있다. 1945년 공습 때 이 잠자리는 죽었다. 클루게의 아버지와 할버슈타트에 있는 그의 정원에 대한 암시임을 어렵지 않게 인식할 수 있다. 이를 그 앞의 이야기 「죽음의 잠자리」와 함께 읽으면 갑자기 잠자리는 "위로부터의 전략"과 "아래로부터의 전략"에 대한 은유로서 드러나게 된다. 전자의 텍스트에서 그 생물은 1945년에 공습으로 죽임을 당하지만, 후자의 산문 작품에서는 "엔지니어들이 마치 곤충의 몸처럼 정교하게 그 작은 방들을 구성해놓은" 비행체에서 떨어지는 폭탄이 중요한 역할을 한다.

해석의 실마리

알렉산더 클루게가 사용하는 문학적 서술 방법의 특별한 점은 그림들을 사용한다는 것인데, 텍스트와 사진, 스케치, 그림, 지도 등등 사이에 상호매체적인 협력 작용이 이루어지며, 『할버슈타트 공습』에서도 역시 이러한 방식을 사용하고 있다. 1977년 『새로운 이야기들』 초판과 2008년판을 비교해보면 텍스트와 그림의 배열을 달리 인쇄하면서 가벼운 변화가 이루어졌다. 1977년 텍스트(그리고 1981년에 출간된 모음집 『클로파우의 교사』에 실린 판본)가 〈귀향Heimkehr〉의 영화 포스터와 함께 시작한다면, 나중 판본에서 이 그림은 두번째 페이지에 텍스트 사이에 낀 형태로 찾을 수 있다. 시작부터 영화 포스터를 싣고 할버슈타트의 영화관 "카피톨"의 파괴에 대해 묘사를 하면서 텍스트와 그림 간 특별한 상호 작용이 드러난다. 영화 포스터를 제시하기에 독자는 이 영화 〈귀향〉이 정말로 할버슈타트에서 1945년 4월 8일에 상영되었다는 인상을 받게 된다.

한스 마그누스 엔첸스베르거는 이런 맥락에서 다음과 같이 쓰고 있다. "나는 할버슈타트에 정말로 '카피톨'이라는 이름의 영화관이 있었는지 알지 못하며, 4월 8일 공습이 정말로 '슈라더 씨가 관리하는 이 영화관이 경험한 전율 중에서도 가장 강력한 전율'이었는지 알 수 없다. 그러나 클루게가 이를 지어낸 것이든 어디서 따온 것이든 완전히 사소한 차이일 뿐이다. 소위 기록 문학이 가진 유명한 문제에 그는 침묵하거나 혹은 부드러운 아이러니로 넘어가고 있다"(엔첸스베르거, 『무정한 작가』, 81쪽). 엔첸스베르거는 여기서 "기록 문학"에 대해서 이야기하고 있다. 기록 문학이란 사건, 줄거리, 인물들을 지어내기보다는, 다시 말해 허구의 틀을 만들어내기보다는 오히려 아주 다양한 언어 자료들을 찾아내고 결합하여 작품을 만드는 문학을 말한다(독일 문학에서는 무엇보다 1960년대에 이루어진 다큐멘터리적인 작업들이 그 정점을 이루었다. 이런 작업 방식으로 가장 유명한 인물들로는 페터 바이스Peter Weiss와 알렉산더 클루게, 또 헬무트 하이센뷔텔Helmut Heißenbüttel 같은 작가들을 꼽을 수 있다). 다큐멘터리적인 작업의 목표는 높은 핍진성을 획득하는 것, 즉 현실과 그것의 언어적, 사진적, 영화적 가공 사이에 직접적으로

206

접촉이 존재한다는 인상을 획득하는 것이다. 엔첸스베르거가 언급하는 "소위 기록 문학이 가진 유명한 문제"들은, 다큐멘터리적인 수단으로 높은 정도의 객관성이 있는 모습을 보여준다고 하더라도 당연히 작가가 선택을 하고, 소재들을 조합하기에 주관적인 관점이 융합된다는 점에 있다. 그리고 알렉산더 클루게는 폴커 하게와의 인터뷰에서 다음과 같이 말한다. "저는 거의 아무것도 지어내지 않습니다. 그렇지만 제 글에서 따옴표 안에 적혀 있다고 해서 다 인용인 것은 아닙니다. 이렇게 생각을 시작해보면 좋겠습니다. 무언가 더 그럴듯하게 보이면 보일수록 더 미심쩍게 바라보아야 합니다. 저는 항상 현실인 듯한 태도를 취합니다. 그러나 저는 현실이란 가장 거짓말을 잘하는 자라고 보기 때문에 저에게는 종종 오류들이야말로 소위 팩트로서 더 정확한 증거가 됩니다"(하게, 『파괴의 증인들』, 207쪽). 클루게는 여기서 찾아낸 자료와 고안해낸 소재 사이의 차이에 관해서 이야기하고 있다. 이 차이는 예를 들면 『할버슈타트 공습』의 「이 사건들이 피아노 수업 시간에 미치는 영향」에서 볼 수 있는데 이 부분은 그 핵심에 있어서 자전적이기 때문이다. 클루게는 공습이 있던 날 17시에 피아노 수업이 있었다(클루게, 「자기 나라에 대한 연설: 독일」, 42쪽). 물론 이 장의 시작에서 어떤 1인칭 화자도 나오지 않으며 알렉산더 클루게라고 불리는 인물도 나오지 않지만, 지크프리트 파울리라고 하는, 대략 클루게의 당시 나이였던 14세인 한 소년이 공습 이야기에 등장한다. 이 텍스트에서 피아노 수업은 같은 날 있지 않고 다음 월요일에 있다. 알렉산더 클루게는 1945년 4월 8일에 공습 이후에 피아노 수업을 위해 과제로 부여받은 작품을 연습하려고 그랜드 피아노가 있던 저택을 찾지도 않았다.

영화 〈귀향〉은 1941년에 나온 구스타프 우치츠키Gustav Uicky(1899~1961) 감독의 국가사회주의 프로파간다 작품으로 폴란드 루츠크 주에 사는 독일계 소수민족이 다수인 폴란드인들로부터 위협을 받는 내용이다. 전쟁 이후에 이 영화의 상영이 금지되었다. 토마스 폰 슈타이네커Thomas von Steinaecker에 따르면 그 영화 포스터는 "이하 텍스트에서 다루어질 내용, 감정의 범주에 관한 것"을 부정적인 형태로 먼저 보여주고 있다(폰 슈타이네커, 『문학적 사진 텍스트 Literarische Poto-Texte』, 212쪽). 이 영화에서 독일계 주인공들은 행복한 결말을 맞이하는데 할버슈타트 주민들은 공습 이후에 망자들과 부상자들, 파괴된 도시를 마주하게 된다. 할버슈타트의 "카피톨"에서의 시작 장면은 다양한 방식들로 작가 알렉산더 클루게에 연결될 수 있다. 한편으로는 클루게가 활동하는 영화 매체가 암시되고 있다. 그러나 다른 한편으로 "귀향Heimkehr"이라는 단어는 당연히 "고향Heimat"이라는 단어를 암시한다. 할버슈타트 공습과 그 때문에 부모님 집이 파괴된 것과 관련하여 클루게는 부모님이 이혼한 일과 집이 파괴된 일을 감정적으로 절대 서로 떨어뜨려놓을 수 없었다고 강조한다. 그에게 집이 파괴된 일은 부모의 실패한 결혼에 대한 상징이었다. 『할버슈타트 공습』에서는 아무런 역할을 하지 못하지만, 이러한 부모의 관계에 대해서는 방대한 작품집에 실린 다른 이야기들에서 수제화하고 있다(「나의 진정한 모티브」와 「무슨 일이 벌어졌는지를 나중에 비로소 이해했다」).

「자기 나라에 대한 연설: 독일」에서 클루게는 그에게 양가적인 감정과 생각들이 있음을 언급한다(53쪽). 한편으로 그는 공습이 일어나는 동안 부모님 집 지하에서 머물고 있었던 열세 살짜리 소년으로서 당연히 그 상황을 위협적이라고 느꼈다. 그러나 다른 한편으로는 그런 극단적 상황 속에서 이성이 극도로 적절하지 않은 방식으로 작동한다는 사실을 명확히 한다. 그는 그 당시에 무엇보다 공습 때문에 피아노 수업이 취소될까 봐 걱정하고 있었다. 또 그는 다음 날이 되면 학교 친구들과 이 사건들에 관해서 이야기를 나누게 될 것이라는 사실에 이미 기뻐하고 있었다. 물론 다음 날 학교가 열지 않는다는 사실을 알고는 실망하게 된다(주해자와 작가의 대화). 위협적인 죽음의 위험을 넘어서는 이 흥분 요소, 모험욕은 공습에 관한 이야기 중 특히 카를 빌헬름 폰 쉬뢰어스의 태도에서 명확히 드러나는데, 그에게는 "항상 가능한 한 많은 일이 벌어져야" 했다. 이미 공습 전날 폰 쉬뢰어스는 의사이자 "강렬한 감각으로 육박해오는 공포를 모으고 다니는 전리품 사냥꾼"으로 투입 중이다. 4월 8일 공습이 벌어지는 동안 그는 시청사 안에 있는 시 방위사령부 안에 있다. "폰 쉬뢰어스는 알고 싶은 욕망과 삶에 대한 욕망이 너무 커서 자신이 어쩌면 무엇에 맞을 수도 있다고 여기지 않는다." 이 부분에서 주인공은 자신은 운이 좋을 거라 믿고 있으며 인생에서 언제나 주도권을 쥐는 사람은 좋은 일만 생기는 편에 속하며 공습에서도 살아남을 것이라는 전제를 하고 있다.

폭격을 당한 인간이 보이는 일부 부적합한 반응들은 『할버슈타트 공습』의 중요한 주제이다. 여기에서 중심이 되는 것은 "위로부터의 전략"과 "아래로부터의 전략" 사이의 구분, 즉 공격하는 자와 공격을 당하는 자 사이의 차이다. "위"와 "아래"라는 양태 부사는 구체적인 장소나 시간과 관계된 의미로 이해할 수 있다. 즉 하늘에 있는 폭격기사령부는 아래 도시에 보호 없이 놓인 사람들과는 반대가 된다. 그러나 여기서 더 나아가 "위로부터의 전략"과 "아래로부터의 전략"에 대한 이야기는 마찬가지로 더 확장된 은유적인 의미에서도 유효한데, "위"와 "아래"라는 부사들은 또 나치 독재가 있던 시절 독일의 내적인 상황에도 적용할 수 있기 때문이다. 클루게는 이에 대해 다음과 같이 서술한다. "위로부터의 전략은 이미 알고 계시지요. 우리 대독일은 통례적으로 위로부터의 전략으로 다스려졌습니다. 비스마르크 치하 독일 철도의 역사는 일종의 위로부터의 전략이었습니다"(클루게, 「자기 나라에 대한 연설: 독일」). 다른 부분에서 클루게는 이렇게 말한다. "이들〔시민들〕이 폭격 때문에 자기 정부에 대항해 불응하게 하든지 저항하게 한다는 목표(사기 저처 용 폭격moral bombing)는 사회심리적으로 중서를 대는 것이 불가능합니다. 다른 한편으로 지하실에 있는 주민들은(아래로부터의 전략) 폭격기사령부(위로부터의 전략)에 대항하여 아무런 무기를 사용할 수 없습니다. 날아다니는 대함대를 마주한 피폭격된 주민들의 항복은 그래서 구체적인 이 순간에 실질적으로 가능하지 않은 것입니다"(클루게, 「전쟁」, 213쪽). 그러므로 사기 저하용 폭격이라는 생각은 클루게에 따르면 의미가 없는 것으로 밝혀진다. 동시에 클루게는 도시에 있는 사람들이 처하는 극단적으로 방어 능력이 없는 상태 및 폭격기 비행단과 주민들 사이에 존재하는 동등하지 않은 부당한 관계를 가리킨다. 여기서 주민들은 한 번도 항복을 할 수 있는 기회조차 얻지 못하는데 공격자와 공격당하는 사람들 사이에 직접적으로 눈에 보이는 접촉을 할 수 없을 뿐만 아니라, 다시 말해 공격 행위가 진행되는 동안에 항복한다는 신호를 보내기 어려울 뿐만 아니라, 비행단을 돌아가도록 할 수 있는 책임자들은 영국에 있어서 연락을 취하기도 어렵다는 사실도 추가로 이야기된다. 할버슈타트 사람들이 처한 방어 능력 없는 상태는 난방기사 카를 린다우의 장면에서 잘 보이는데, 그는 놓아

시설 앞 정원에서 몸을 던지고 그가 "떨어져내리는 고폭탄들을 자기 손으로 직접 받아치"지 못해 유감이다. 울리케 보세 **Ulrike Bosse**는 이 부분에 대해 "개인은 오직 공격자와 직접적인 관계에 들어설 때만, 즉 적을 손으로 잡거나, 도구를 이용해서 사물을 적의 몸 쪽으로 보낼 수 있을 때만 적절한 반응을 할 수 있다"고 해석하고 있다(보세, 『역사의 문학적 형상화의 형식*Formen literarisher Darstellung von Geschichte*』, 194쪽).

"겔젠키르헨 지역"의 게르다 베테와 "아이 셋"은 땅 위 인간의 태도를 예시적으로 잘 보여주고 있다. 이 국민학교 교사는 공습이 있던 순간에 "아래로부터의 전략"을 취하고 있다. "그녀는 위에 있는 폭격기들에 저주를 퍼붓기 시작했다. 그러나 그 저주가 성공해서 한 대가 그 자리에서 아래로 추락하여 그녀와 정원 집의 나머지 거주자들을 덮칠 것이라고 한다면 차라리 그녀는 그렇게 하지 않는 편이 나을 것이다." 다른 곳에는 이렇게 나온다. "그녀는 전략적으로, 다시 말해 주된 포인트에 집중하도록, '생각하도록' 자신을 다그쳤는데, 다시 말하자면 다음번 파도가 오길 기다리는 동안 또 한 번 기회가 생긴다면 어디로 도망쳐야 하는가 하는 생각을 했다. 그녀는 그러면 피쉬마크트 거리, 마티니플란 거리, 슈미데 거리, 베스텐도르프를 지나 도망가고자 했다. 손수레가 마당에 있으니 아이들을 거기에 싣고 빨리 들판이나 마을로 달아나야 한다." 몇 문장 뒤에 게르다 베테는 "커다란 소리로 기도하면서 폭격기의 궤도를 바꿔보려고 했다." 그런 극단적 인 상황에서는 이성적인 태도와 종교적 태도를 바꿔가면서, 또는 이 둘을 동시에 취하게 된다는 사실을 보여준다. 데이 비드 로버츠David Roberts는 적절하게도 "직접적인 관계와 감 정들의 작은 세계와 전략이라는 거대 세계에는 서로 공통적 인 잣대가 존재하지 않는다"는 사실을 인식한다(로버츠, 「알 렉산더 클루게와 독일 현대사Alexander Kluge und die deutsche Zeitgeschichte」, 109쪽).

　도입부에서도 사람들의 행동에 존재하는 비이성적 측면 들을 발견할 수 있는데, 영화관이 파괴되는 와중에 슈라더 씨 는 "공습 대비용 삽을 들고 달려들어서 그 폐허 더미를 14시 상영 시간 전까지 청소하려고" 한다. 슈라더 씨의 경우는 물 론 종교적인 것이 아니라 습관, 특정한 역할 태도에 관한 것 인데, 재앙에 직면해서도 스스로 그만두고 피하지 못하는 것 이다. 그녀에게 "오후에 있을 정기 상영 네 번(오전 상영과 심 야 상영을 합쳐서 여섯 번)이 변경될 수 있다는 것보다 더 큰 전율은 생각할 수 없었"기 때문이다. 할버슈타트 영화관 폭 격에 대한 형상화에서는 유머가 두드러지는 지점도 있는데 여기만 그런 것은 아니다. 이 부분의 화자는 예를 들면 "영화 관의 오른편"이 무너진 것과 상영되고 있는 영화 사이에 "의 미심장한 연관이나 연출상 연관"은 없다는 사실을 가리키고 있다. 동시에 "전율Erschütterung"〔〔옮긴이〕 독일어에서 '세차게 흔들림'이라는 의미도 담겨 있다]이라는 단어의 다의성이 유희적으로 사용되는데, 영화관에서 상영 중인 영화가 만들어내는 영혼의 전율이 폭탄에 맞아 생기는 흔들림과 연관된다. 다른 부분에서 쿨라케 대령의 전화에 대해서 보고하고 있는데, 이 대령은 "국방군사령부 고위 장교"로 할버슈타트 린덴벡 14번지의 상황이 어떠한지 알고 싶어한다. 클라인 크벤슈테트의 전화 교환수는 "도시 위로 솟는 버섯 모양 연기"에 대해서 보고한다. 이후 이렇게 쓰여 있다. "그 버섯의 높이와 넓이에 대한 것은 보고할 수 없었다. 창가에서 센티미터 자를 대고 측정해야 했을까?" 편집국 식자공 중 하나는 불을 끄기 위해서 양동이에 오줌을 눠달라고 지나가는 사람들에 부탁하자는 제안을 한다. 사람들은 "짜내"야 한다. 알렉산더 클루게는 여기서 익살이라는 수단도 사용하여 작업하고 있는데, 그 이유는 지상에 있던 많은 사람에게는 상황을 그로테스크하게 뒤트는 것만이 이 순간의 끔찍함을 다룰 수 있는 유일한 반응 형태라는 것을 보여주고 싶었기 때문이다. 할버슈타트 공습의 미적인 구성에서 눈에 띄는 특징은 추상적인 시각과 구체적인 시각이 번갈아가면서 나온다는 점이다. 클루게는 공습이 벌어지는 동안 할버슈타트 주민들의 반응을 묘사하는데, 결혼식에 모인 사람들, 묘지 공원 관리인 비쇼프나 탑의 망원보초 아르놀트와 착케 씨가 묘사된다. "위로부터의 전략" 장에서는 그와 반대로 특정한 시간 사람들의 개별 반응법에 대한 형상화가 전면에 등장하기보다는 오히려 공중전의 조직적인 원칙들이 더 중요하다. 반대되는 상황들을 서로 맞부딪치게 하는 테크닉인 "크로스매핑Cross-Mapping" 방법으로 클루게는 다양한 시간 형식들이 서로 소통하노록 한다. 어느 일요일 아침 대략 반 시간 사이에 도시 대부분이 파괴되었던 짧은 공습은 그보다 상위에 놓인 역사적 발전의 일부분이다. 포착된 순간들과 수십 년간의 과정이 서로 마주하고 있다. 이런 식으로 영국 공군 사령관인 휴 트렌처드Hugh Trenchard(1873~1956)가 역사적 발전 과정의 한 부분을 담당하고 있는데, 그 이름에서 1928년 소위 트렌처드 독트린이 나왔고 이 독트린에 의해 1942년 지역 폭격 지침이 마련된다. 트렌처드는 "베르됭 경험"이 있었는데, 이 [전투 방식] 경험은 "기마병 전투로 거슬러 올라갈 수 있으며, 이는 한니발에까지 거슬러 올라갈 수 있고, 이는 다시 종의 역사에서 나무를 타던 원시 포유류 종들이 거대 공룡의 양막으로 둘러싸인 영양가 풍부한 알을 찾고, 껍질의 아래쪽이나 옆쪽을 깨물어 열고, 거기에 새끼를 낳아두거나 자기가 직접 다 빨아먹던" 행동에서 비롯된 것이다. 클루게는 여기에서 시간의 활을 1928년에서부터 공룡 시대로까지 거꾸로 팽팽하게 당겨놓고 수억 년 시간의 실이 눈에 보이게 만든다. 클루게가 텍스트 옆에 덧붙여둔, 조종사, 폭탄, 비행 편대 대형 삽화들에서 "전쟁, 계획되고 이성적으로 철저히 조직된 절멸, 죽음과

215

우월함, 권력, 승자"와 같은 더 나아간 의미 층위들이 축적된다(베히톨트Gerhard Bechtold,『사회적 현실에 대한 감각적 인식Sinnliche Wahrnehmung von sozialer Wirklichkeit』, 143쪽).

『할버슈타트 공습』은 바로 다양한 관점에서 사건을 조명한다는 점에서 형상화에 입체적인 느낌을 준다. "역사는 수많은 이야기로 쪼개져 흩어진다"라고 괴츠 그로스클라우스Götz Großklaus는 언급한다(「재앙과 진보Katastrophe und Forschritt」, 193쪽). 매우 다양한 관점의 차용은 클루게가 영화나 책에서 적용하고 있는 몽타주라는 작업 방식에 상응한다. 그의 영화와 문학 작품들은 통례적으로 서로 떨어져 있는 듯 보이는 개별적인 요소들을 모아 조합한다. 클루게의 가공 방식은 그가 첫번째 집필 단계에서 방대한 자료를 모으고 그다음 두번째 단계에 이 찾아낸 자료들을 선별하고 개별 구성 요소들의 순서를 정한다는 점에 그 특징이 있다. 요소들 각각(줄거리의 플롯, 사건들, 진술들, 대화들)을 뒤섞으면 맥락이 있는 연출이 불가능하게 되는 범죄 소설 등과는 다르게『할버슈타트 공습』에서는 느슨하게 풀린 연결로 이야기의 장면들이 이어진다. 「탑의 망원보초, 아르놀트 씨와 착케 씨」는 「묘지 공원 관리인 비쇼프」 이야기 앞에 놓일 수도 있었을 것이다. 이야기 리듬은 달라지겠지만 그럼에도 전체적인 맥락은 인식될 수 있을 것이다.

개별 장면들에서 이루어지는 이야기의 파편화는 지상에

있는 주인공들의 체험 세계와 상응하는데, 그들은 공습 동안 —일부는 숨도 못 쉴 정도로—목숨에 위협을 느낀다. "우리가 20분 동안 도시 하나에 가하는 압박보다도 더 강한 현실의 압박이란 존재하지 않습니다"라고 로버트 B. 윌리엄스 준장이 『신 취리히 신문』의 런던 특파원인 빌프리트 켈러에게 말한다. 이 "현실의 압박"은 공습이 벌어지는 동안 (그리고 물론 그 이후에도 한동안) 다른 이들 손에 목숨이 완전히 맡겨져 있다는 감정에서 비롯된 것이다. 『할버슈타트 공습』에서 클루게는 "현실의 압박"을 다양한 관점에서 그리고 건조한 문체로 하는 간략한 서술Lakonie이라는 수단으로 언어 안에서 포착하려 애쓴다. "이야기와 말의 압축은 클루게의 눈에 띄는 제스처 중 하나"라고 슈타파니 카르프Stefanie Carp는 언급한다(카르프, 『전쟁 이야기들Kiergsgeschichten』, 145쪽).

할버슈타트 주민들의 극단적 경험과는 대조적으로 공격하는 측 사람들에게는 공습일에 있었던 일들에 대한 기억이 존재하지 않는 것처럼 보인다. 이 텍스트는 「다른 별에서 온 방문객」이라는 장면으로 끝나는데 여기서는 1945년 5월에 미군 장교 한 명이 공습과 관련된 주민들의 처지에 대해서 질문을 던진다. "그에게는 마치 이 주민들이 이야기하길 즐기는 기질을 명백히 타고났음에도, 기억할 줄 아는 심리적인 힘을, 바로 이 파괴된 도시의 지표면 윤곽선에서 잃어버린 것처럼 보였다"라고 이 텍스트의 마지막 부분에서 말한다. 이 미국인 방문객은 물론 할버슈타트 주민들이 모두 수다스럽다는 사실을 경험하지만, 공습에 관한 질문에는 틀에 박힌 대답, 즉 "우리 아름다운 도시가 완전히 파괴되어 흙으로 돌아가버린 그 끔찍한 날에…" 같은 문장들만 나온다. 폭격 후 짧은 시간이 지난 상태에서 목격자들이 한 보고는 이날 일어난 사건들에 대해 진정한 인상을 전달하지 못한다. 짐짓 기억 상실처럼 보이는 이 현상의 이유를 묻는 말에 대해서는 대답하기가 어렵다. 어쩌면 사람들이 자신을 완전히 공개하고 싶지 않았던 저 질문자, 즉 미국인 개인과 관계가 있었던 것일까? 밀접한 가족관계 안에서는 다르게 이야기를 할까? 알고 있는 것을 감추고 있을까? 아니면 트라우마적인 경험이 너무 강해서 일어난 일에 대해서 거리를 두려고 천편일률적인 진술들만 시도되는 것일까?

할버슈타트 주민들의 보고에서 빠진 것은 이 사건에 대한 반성적인 묘사들이다. 이러한 반성이 있으려면 물론 경험의 가공이 선행되어야 한다. 그러한 가공이 일어나지 않았다는 사실과 공습 후 몇 주 지나지 않은 상태에서 이 질문이 너무 빨리 이루어졌다는 점은 분명히 관계가 있다. 그 이후에 인간의 자기 이해에 대한 숙고가 나온다. 클루게는 "자기 삶의 제작자"인 사람들과 "자기 삶의 관객"인 사람들을 서로 구분한다(주해자와 작가와의 대화). "제작자"는 스스로 자기 삶을 만들고 독립적으로 자기 삶의 대부분의 시간을 마음대로 사용할 수 있다. "관객"은 그와 반대로 그들이 거의 바꿀 수 없는 사회적인 맥락들에 묶여 있다. 이런 능동과 수동 사이의 차이가 『할버슈타트 공습』에도 뚜렷하게 보인다. 지상에 있던 공습을 받은 사람들은 자신의 존재에 대해 긴객으로도 민 존재하며, 그저 반응만 할 뿐 삶을 만들어나갈 활동 공간을 거의 가지지 못한다. 이러한 수동성은 1933년에서 1945년까지 시대적 집단 상황에서도 표현되고 있다. 나치 독재 치하의 공적 생활이란 대다수 사람에게 자율이 아닌 타율이라고 각인되어 있었다. 어쩌면 전쟁 초반에 독일이 빠르게 승리하면서 아직도 세계사에서 우세한 행위자로 존재한다는 감정이 있었다고 해도, 1943년 초반 스탈린그라드에서의 패배 이후에 많은 사람이 이 전쟁에서 이길 수 없으며 독일이 이제는 더 행동agieren할 수 없고 오직 반응reagieren만 할 수밖에 없다는 사실을 명백히 깨달았다. 패배할 수 있다는 관점과 더불어 독일 도시들 위에 행해진 점점 더 잦아지고 심각해지는 폭격 때문에 주민들에게 극도의 불안감이 생겼다. 할버슈타트에서 질문을 받은 이들 중 한 명이 미군 장교에게 한 다음과 같은 대답을 제시하며 『할버슈타트 공습』이 끝난다. "잔인함이 일정 정도에 이르게 되면 누가 그것을 저질렀는지는 이미 상관이 없습니다. 잔인함은 그냥 그쳐야 합니다." "아래로부터의 전략"의 관점에서 독자는 책임 문제에 대한 견해를 얻게 된다. 잔인함이 일정 정도 이상이 되면 책임을 질 자가 누구인가를 묻는 말은 의미가 없게 된다.

　공습에 관한 클루게의 텍스트 해석에서 중요한 것은 공습을 넘어 공중전의 경제적 요소들에 대한 암시들이다. 이는 "상품"으로 명명되기도 하는 "날아다니는 산업 단지"와 "값비싼 폭탄들"에 관한 이야기다. 폭격전은 경제적인 현상으로, 고향에서 일자리를 만들어내는 산업 분야로 형상화된다. 클루게의 작품에서 꽤 중요한 범주인 "노력을 다하기"는 공습에 중요한 모든 물자를 만드는 일에도 해당한다. 여러 사람의 죽음에 책임이 있는 군수 산업은 도덕적인 견지에서 관찰되지 않으며 오히려 경제 시스템 체계 내에 이미 정립된 노동 분야로 나타난다. 제작자들은 그들이 생산하는 "상품"의 파괴적인 결과에 대해서 명확히 생각하지 않은 듯한 인상을 준다. "폭격기 승무원은 또한 제한된 의미에서만 행위자이다, […] 그들에게는 파괴의 행위 역시 계급에 따라 노동 분업적으로 조직된 노동('일상 교대 업무')으로 보여질 것이며, 그렇게 하여 파괴에 대한 책임이 있다는 느낌도 축소된다"고 노르베르트 파프Norbert Pfaff가 쓰고 있다(파프, 「예시로서의 공중전Luftkrieg als Exempel」, 25쪽). "날아다니는 산업 단지"라는 관점에서 할버슈타트 상공의 B-17 폭격기 215대에 타고 있던 사람만 모두 합쳐 2,150명(각 비행기에 10명 탑승)이었다는 사실을 유념해야 한다. 그러니까 사람들의 수만 따져보아도 공장과 유사한 맥락에서 이야기할 수 있다는 뜻이다. 또 그런 폭격기 대열의 투입을 가능하게 하는 기술상, 조직상의 전제들이 있는데, 복잡한 구조라는 점에서 이 역시 산업 단지와 비교할 수 있다.

클루게는 공중의 노동 상황과 지상의 노동 상황을 대비시킨다. 비행기 안의 승무원들이 임무를 완수하는 데 비해 할버슈타트 주민들은 과제를 더 이상 인지조차 하지 못한다. 영화관을 운영하는 슈라더 씨는 영화관이 파괴된 이후 "더 이상 아무런 쓸모가 없다"고 느낀다. 쾰른에서 온 "직업 소방 장교"는 극장 화재에 대해 다음과 같이 말한다. "거기에서 분명한 결정을 내렸습니다. 이것들은 타도록 내버려두어야 한다고 말입니다." 난방기사 카를 린다우는 자신의 노동력을 폭탄 투하에 대항해 사용하지 못한다. 지상에 있던 사람들은 그들이 본래 수행하던 노동의 맥락에서 탈각되어 그 때문에 그들의 사회적 기능은 급진적으로 의문에 처하게 된다. 그들은 클루게가 다른 맥락에서 "의미의 박탈Sinnentzug"이라고 특징짓는 것을 경험하게 되는데, 클루게는 이 단어로 인간의 삶에서 (직장, 동반자, 신념의) 상실로 인해 사람들이 정주할 곳을 잃어버리고 사회적 정체성이 위협을 받는 상황을 암시한다.

여단장 앤더슨은 할버슈타트 출신 기자 쿤체르트와의 대화에서 폭탄들이 "아래 도시로 떨어져야만" 하는 "비싼 물건들"이자 "상품"이라고 하며 다음과 같이 말한다. "실용적 관점에서 보아도 고향에서 많은 노동력을 들여 생산한 것을 산이나 빈 들판에 그냥 버릴 수는 없습니다." 따라서 역시 경제적인 생각이자, 꼭 정치적으로 한정할 수는 없는 생각들이 도시 파괴와 인명 살상으로 이어진다. 폭탄에 대해서 쓰는 "상품"이라는 표현은 낯선 효과를 일으키는데, 그로 인해 공중전에 상업적 상황이 있을 수 있다는 인상, 손님이 판매자를 마주하고 서 있을지 모른다는 인상을 받게 되기 때문이다. 클루게는 공중전이 수요와 공급 체계를 통해 규율된다는 점과 이것이 경제 분과의 하나라는 점을 명확히 하고자 한다. 말하자면 공중전을 도덕적 이유에서 좀처럼 정당화할 수 없을지라도 사람들은 실업을 감수하지 않으려 한다. 이 기자는 여단장을 만나서 "11시까지 마티니 교회 왼쪽 탑에 커다란 백기를 게양했더라면" 폭격기 부대가 다시 돌아갔을지도 모른다는 소문에 대해서 질문을 던지는데, 여단장의 반응에서 우리는 한번 움직이기 시작한 폭격기 대대는 외부에서 방향을 돌리게 하기 매우 힘들며(백기를 펼치는 것으로는 전혀 불가능하고) 특히나 확실성을 바로 검증하기 힘든 소식에 의거해 그렇게 하기는 매우 어렵다는 사실을 알게 된다. 마티니 교회 탑의 백기가 정말로 도시를 싸우지 않고 넘기겠다는 것을 의미함을 이 폭격기들이 어떻게 알겠는가? 앤더슨 여단장은 그것이 "속임수"일 수도 있다는 사실을 지시한다. 물론 그는 투쟁 없이 도시를 넘긴다는 통지가 지나쳐야 할 기나긴 전달 과정들을 묘사한다. 연합군 공군의 복잡한 조직상 구조 때문에 이 소식은 많은 명령 계통을 지나가야 해서 결국 목표가 되는 지점에 가까운 시간 내에 도달하기는 거의 불가능할 것이다. 쿠체르트와 앤더슨이 대화 안에 담긴 생각들은 세브나 베테의 생각들과 같은 유사한 방향, 사실과 반대되는 방향을 목표로 하고 있는데, 다시 말하자면 이미 길을 트기 시작한 불운을 돌려놓기 위해서 "1918년에 전쟁에 참여했던 모든 나라들에서 그녀와 같이 결단력 있는 교사들 7만 명이 각자 20년 동안 열심히 수업을 진행했어야 했다." 이러한 상상력에 상응하는 더 나아간 사례들이 공습 동안 절망에 차 행동하는 할버슈타트 주민들의 행동에 대한 다음과 같은 형상화에 담겨 있다. "미래의 두뇌들로 그들은 이 15분 단위 시간에 실행할 수 있는 응급대처 방법을 생각해낼 수 있을 것이다." 전체 텍스트에서 그렇듯 여기에서도 가정법의 문법이 중요한 역할을 수행한다. 즉, 사람들이 4월 8일에 일어날 일을 알기만 했더라면 이를 미리 준비하고 재앙을 피해갈 수 있었을 것이다. 이야기는 1945년 4월 8일을 넘어 그 이전의 시간과 그 이후의 시간이 이 사건과 연결선상에 놓인다. "미래의 두뇌"라는 표현은 인간의 학습 가능성을 가리키는 말인데, 불운으로부터 배운 것을 실질적인 의미에서 다시 적용하는 것은 불가능하기 때문이다. 즉, 전쟁은 4주 후에 끝이 났으며 사람들은 더는 공습에서 자신을 지킬 필요가 없어졌기 때문이다. 또한 많은 할버슈타트 주민들이 공습에서 죽었다. 폭격에서 배울 수 있는 하나의 기회를 그들은 갖지 못했다. 이런 의미에서 알렉산더 클루게의 조금 더 긴 이야기 하나의 제목을 이해할 수 있는데, 그 제목으로 클루게의 텍스트들을 담은 모음집이 1973년에 출간되었다. 제목은 『치명적 결과가 따르는 학습 과정』이다.

『할버슈타트 공습』을 읽어본 사람은 이 텍스트를 어떤 장르로 분류해야 할지 아마도 고민을 할 것이다. 사실에 대한 텍스트인가 아니면 문학적 텍스트인가가 중요할까? 여기에는 예컨대 "이야기" "노벨레" 혹은 "소설" 같은 명사로 부제가 붙어서 그에 관한 정보를 주고 있지 않다. 책에서 "시간(시대)의 무시무시함"이라는 제목이 "역사/이야기Geschichte"라는 장르를 지시하고 있다고 하더라도 길이나 복잡성에서 『할버슈타트 공습』은 클루게의 다른 "이야기들Geschichten"과는 구별된다. 데이비드 로버츠는 이 텍스트의 형식에 대해서 다음과 같이 적고 있다. "많은 다양한 형식 요소들을 모아 재구성하고 있다—삽화, 폭격 사진, 도시 지도, 공격하는 폭격기의 비행 경로, 폭격기 배치의 측면도와 후면도, 조감도(도식화된 형상화), 폭탄의 유형별 도해와 사양, 경험과 투입의 보고, 순간 포착, 상황 보고, 실제 문서 인용문, 각주, 사각형 테두리 안에 담긴 글, 전문가 토론, 인터뷰 등등"(로버츠, 「알렉산더 클루게와 독일 현대사」, 81쪽).

알렉산더 클루게의 작품에 대한 2차 문헌에서는 자주 "상호매체성"이라는 개념이 사용된다. 그 개념으로 한편으로는 클루게가 다양한 분야(문학, 텔레비전, 영화, 이론)에서 활동한다는 명백한 사실에 대한 고려가 이루어지지만, 다른 한편으로는 문자 자료와 그림 자료들(사진, 지도, 스케치, 도화 등)을 모아 구성한 그의 작업들이 갖는 혼종적 성격도 특징으로 말해진다. 또 클루게의 문학적 텍스트는 항상 영화적이며 이론적인 측면이 있는데 그와는 반대로 영화나 텔레비전 작업에서는 문학적인 측면이 똑같이 가시화된다. 클루게는 문학을 "반수사학적" 작업이라는 개념으로 상상하고 규정한다. 클루게는 문학적인 작업이란 텍스트가 담고 있는 경험을 독자가 노력을 기울여 힘겹게 해독해야만 하는, 상징적, 은유적 경험의 암호화로 이루어져 있는 것이 아니라는 생각에서 출발한다. 클루게는 일상적인 언어 사용(술집에서, 역에서, 대학에서 또는 거실에서 이루어지는)을 확장할 필요성이 있다고 보지 않는다. 그의 텍스트들 안에 담겨 있는 언어는 독자들에게 친숙하다. 『할버슈타트 공습』에서도 텍스트의 이해가 어려운 것은 언어를 문학적으로 사용하기 때문이 아니다. 독자는 무슨 일이 일어났는지, 어떤 사람이 연루되어 있는지, 어디서, 언제 이 줄거리가 진행되는 것인지 매우 빨리 파악한다. 읽는 과정 중 문제는 오히려 일부 언어의 높은 추상성 및 비어 있는 부분과 빠진 부분들처럼 작가가 이야기하지 않는 모든 것들에서 비롯된다. 클루게는 이렇게 독자가 자신의 상상으로 발전시켜야 할, 이야기되지 않은 것들을 무엇보다 몽타주 기법을 통해서, 개별 사건들의 상호 대비를 통해서, 그리고 또 텍스트와 그림 자료들의 대치를 통해서 보여준다. 헬무트 하이센뷔텔Helmut Heißenbüttel(1921~1996)은 이에 대해 다음과 같이 적고 있다. "사이에 놓인 것, 말해지지 않은 것, 형상화되지 않고, 형상화될 수 없는 것이 원래 이야기를 붙들고 있는 것이다. 그것이 텍스트 외적이고, 신비적이고, 말할 수 없는 듯한 무언가를 빚어내기 때문이 아니라, 그것이 텍스트가 무너진 곳 끄트머리들을 서로 맞붙잡고 있으며, 그래서 독자와 관객의 적극성을 도발하고, 적극적인 독자를 명확히 요구하기 때문이다"(하이센뷔텔, 「텍스트가 진리다Der Text ist die Wahrheit」, 7쪽). 하이센뷔텔이 여기서 "텍스트가 무너진 곳 끄트머리들"에 대해 말할 때 그는 몽타주 기법을 이야기하고 있다. 이러한 "무너진 곳 끄트머리들" 사이에, 텍스트 한 조각에서 다른 조각으로 넘어가는 사이에, 독자의 환상을 위한 자리가 생긴다. 하이센뷔텔에 따르면 클루게는 "적극적 독자를 명확히 요구한다."

『할버슈타트 공습』을 집필하기 직전인 1975년에 알렉산더 클루게는 「가장 날카로운 이데올로기, 그것은 현실이 그 현실적 성격에 기초해 있다는 생각이다Die schärfste Ideologie : daß die Realität sich auf ihren realistischen Charakter beruft」라는 글에서 자신의 문학에 대한 생각을 진술하고 있다. 이 글에서 중심이 되는 것은 다음 문장이다. "리얼리즘의 모티브는 결코 현실에 대한 확인이 아니라 그에 대한 저항이다"(클루게, 『여성 노예의 부업*Gelegenheitsarbeit einer Sklavin*』, 216쪽). 클루게에게 문학은 반대항으로서 생겨나는 것이다. 인간은 그가 동의할 수 없는 현실에 마주한다. 클루게는 이 인간과 세계 사이의 대척 관계를 "적대적 리얼리즘 개념"이라는 표현을 통해 포착하려 한다. 그의 문학에서 분명해지는 것은 이 반대항들이 감정적으로 단순하고 복잡한 성격을 지닐 수 있다는 사실이다. 한 아이가 책상판에 머리를 박는다, 한 남자가 아내로부터 버림을 받는다. 이 두 경우에 현실에 동의하지 못하는 두 사람이 있다. 이러한 저항이 클루게에게는 문학의 근본에 놓여 있다. 그의 작품 중에서 이 저항을 『할버슈타트 공습』보다 더 예시적으로 명확히 보여주는 텍스트는 별로 없을 것이다.

주해 참고문헌

1. 알렉산더 클루게의 문학 작품

『1945년 4월 8일 할버슈타트 공습』이 수록된 판본들

»Der Luftangriff auf Halberstadt am 8. April 1945«. In: ders.:
Neue Geschichten. Hefte 1-8. ›Unheimlichkeit der Zeit‹.
Frankfurt am Main 1977, S. 33-106.

»Der Luftangriff auf Halberstadt am 8. April 1945«. In: ders.:
Der Pädagoge von Klopau und andere Geschichten. Berlin
1981, S. 215-298.

»Der Luftangriff auf Halberstadt am 8. April 1945«. In: ders.:
Chronik der Gefühle. Band II. Frankfurt am Main 2000, S.
27-82.

Der Luftangriff auf Halberstadt am 8. April 1945. Frankfurt am
Main 2008 [darin enthalten: Alexander Kluge, »Was
heißt ›wirklich‹ im nachhinein? 17 weitere Geschichten
um Luftkrieg«, S. 91-128, sowie: W. G. Sebald,
»Zwischen Geschichte und Naturgeschichte. Versuch
über die literarische Beschreibung totaler Zerstörung mit
Anmerkungen zu Kasack, Nossack und Kluge«. S. 129-
140].

그 밖에 주해에서 언급된 알렉산더 클루게의 작품들

Lebensläufe. Stuttgart 1962. [『이력서들』, 이호성 옮김,
을유문화사, 2012.]

»Die schärfste Ideologie : daß die Realität sich auf
ihren realistischen Charakter beruft«. In : ders. :
Gelegenheitsarbeit einer Sklavin. Frankfurt am Main 1975, S.
215-222

Neue Geschichten. Hefte 1-18. ›Unheimlichkeit der Zeit‹. Frankfurt
am Main 1977.

Die Patriotin. Texte/Bilder 1-6. Frankfurt am Main 1979.

Kluge, Alexander/Negt, Oskar : *Geschichte und Eigensinn*.
Frankfurt am Main 1981.

»Rede über das eigene Land : Deutschland«. In : ders. :
*Theodor Fontane, Heinrich von Kleist und Anna Wilde. Zur
Grammatik der Zeit*. Berlin 1987, S. 38-58.

»Krieg«. In : *Die Welt der Encyclopédie*. Hg. von Anette Selg und
Rainer Wieland. Frankfurt am Main 2001, S. 211-216.

»Mein wahres Motiv«. In : ders. : *Tür an Tür mit einem anderen
Leben*. Frankfurt am Main 2006, S. 594-597.

»Erst später verstand ich, worum es sich handelte«. In : ders. :
Das fünfte Buch. Berlin 2012, S. 96-97.

2. 알렉산더 클루게에 대한 문헌

Bechtold, Gerhard: *Sinnliche Wahrnehmung von sozialer Wirklichkeit. Die multimedialen Montage-Texte Alexander Kluges.* Tübingen 1983.

Bosse, Ulrike: *Alexander Kluge – Formen literarischer Darstellung von Geschichte.* Frankfurt am Main 1989.

Carp, Stefanie: *Kriegsgeschichten. Zum Werk Alexander Kluges.* München 1987.

Drews, Jörg: »Ein humaner Pessimist? Zu Alexander Kluge: ›Neue Geschichten‹«. In: ders.: *Luftgeister und Erdenschwere. Rezensionen zur deutschen Literatur 1967-1999.* Frankfurt am Main 1999, S. 83-87

Enzensberger, Hans Magnus: »Ein herzloser Schriftsteller«. In: *Der Spiegel.* 32. Jg. Nr. 1, 2.1.1978, S. 81-83.

Großklaus, Götz: »Katastrophe und Fortschritt. Alexander Kluge: Suche nach dem verlorenen Zusammenhang deutscher Geschichte«. In: *Die Schrift an der Wand. Alexander Kluge: Rohstoffe und Materialien.* Hg. v. Christian Schulte. Osnabrück 2000, S. 175-202.

Heißenbüttel, Helmut: »Der Text ist die Wahrheit«. In: *Text + Kritik:* Alexander Kluge. H. 85/86. 1985, S. 2-8.

Hoffmann, Birthe: »Synoptisches Erzählen. Darstellungen des Bombenkriegs bei Gert Ledig, Alexander Kluge und Dieter

Forte«. In: *Text und Kontext*. 2009, S. 136-159.

Jens, Walter: »Mein Taschenbuch. Alexander Kluge: ›Neue
 Geschichten‹«. In: *Die Zeit*. Nr. 27. 30.6.1978.

Pape, Walter: »›Mich für mein ganzes Leben verletzendes
 Geschehen als Erlebnis‹, Die Luftangriffe auf Salzburg
 (1944) in Thomas Bernhards ›Die Ursache‹ und Alexander
 Kluges ›Der Luftangriff auf Halberstadt am 8. April 1945‹«.
 In: *Bombs away! Representing the Air War over Europe and
 Japan*. Hg. v. Wilfried Wilms u. William Rasch. Amsterdam
 2006, S. 181-197.

Pfaff, Norbert: »Luftkrieg als Exempel. Alexander Kluges
 ›Luftangriff auf Halberstadt‹«. In: *Deutschunterricht*. 2006.
 H. 2, S. 23-29.

Raddatz, Fritz J.: »Unheimlichkeit der Zeit. Alexander Kluge:
 ›Neue Geschichten‹«. In: *Die Zeit*. Nr. 52. 23.12.1977.

Roberts, David: »Alexander Kluge und die deutsche
 Zeitgeschichte: *Der Luftangriff auf Halberstadt am
 8.4.1945*«. In: *Alexander Kluge*. Hg. v. Thomas Böhm-
 Christl. Frankfurt am Main 1983, S. 77-116.

Schirnding, Albert von: »Kein Abschied von gestern«. In:
 Merkur. H. 2. 1978, S. 205-208.

Schütte, Wolfram: »Ein Epiker des Differentials. Die Zukunft der
 Erinnerung oder Alexander Kluges ›Neue Geschichten‹/
 Deutsche Gegenwarts-Weltliteratur«. In: *Frankfurter*

Rundschau. 7.1.1978.

Sebald, W. G.: »Zwischen Geschichte und Naturgeschichte.
　　Über die literarische Beschreibung totaler Zerstörung«. In:
　　ders.: *Campo Santo.* Hg. v. Sven Meyer. München 2003,
　　S. 69-100. 〔W. G. 제발트, 「역사와 자연사 사이: 총체적
　　파괴를 다룬 문학 서술에 대하여」, 『캄포 산토』, 이경진
　　옮김, 문학동네, 2018.〕〔Die Passage über Kluges Text ist
　　ebenfalls abgedruckt in: Alexander Kluge: *Der Luftangriff*
　　auf Halberstadt am 8. April 1945. Frankfurt am Main 2008,
　　S. 129-140.〕

Sontheimer, Kurt: »Vergebliche Suche nach einem Genie«. In:
　　Deutsche Zeitung. 10.2.1978.

Steinaecker, Thomas von: *Literarische Foto-Texte. Zur Funktion*
　　der Fotografien in den Texten Rolf Dieter Brinkmanns,
　　Alexander Kluges und W. G. Sebalds. Bielefeld 2007.

Zeller, Michael: »Alexander Kluges unterkühlte
　　Katastrophenoptik«. In: *Frankfurter Allgemeine Zeitung.*
　　7.1.1978.

3. 폭격에 대한 문헌 및 영화 자료

Boog, Horst u.a.: *Das Deutsche Reich in der Defensive.*
　　Strategischer Luftkrieg in Europa, Krieg im Westen und in

Ostasien 1943-1944/45. Stuttgart 2001.

Friedrich, Jörg: *Der Brand. Deutschland im Bombenkrieg 1940-
1945.* Frankfurt am Main 2002.

Hage, Volker: *Zeugen der Zerstörung. Die Literaten und der
Luftkrieg. Essays und Gespräche.* Frankfurt am Main 2003.

Hartmann, Werner: *Halberstadt brennt. Dokumentation über
die Zerstörung der Stadt Halberstadt am 8. April 1945.*
Halberstadt 1990.

Neumann, Klaus: »Lange Wege der Trauer. Erinnerungen an die
Zerstörung Halberstadts am 8. April 1945«. In: *Luftkrieg.
Erinnerungen in Deutschland und Europa.* Hg. v. Jörg
Arnold u.a. Göttingen 2009, S. 203-220.

Operation Sardine. Die Zerstörung von Halberstadt. Ein Film von
Marcus Ahrens. Regionalfernsehen Harz 2005.

Sebald, W. G.: *Luftkrieg und Literatur.* Frankfurt am Main 2001.
〔W. G. 제발트, 『공중전과 문학』, 이경진 옮김, 문학동네,
2013(개정판 2018).〕

»Summary Report«. In: *The United States Strategic Bombing
Survey.* Volume 1. New York 1976.

4. 기타 문헌

Benz, Wolfgang u.a. (Hg.): *Enzyklopädie des Nationalsozialismus*. München 2007. Aktualisierte Neuauflage.

Fuchs, Karl Heinz/Kölper, Friedrich Wilhelm (Hg.): *Militärisches Taschenlexikon. Fachausdrücke der Bundeswehr*. Bonn 1958.

Kafka, Franz: *Tagebücher 1910-1923*. Frankfurt am Main 1983. 〔프란츠 카프카, 『카프카의 일기』, 이유선 외 옮김, 솔, 2017.〕

옮긴이의 말

알렉산더 클루게의 『1945년 4월 8일 할버슈타트 공습』은 두 가지 판본의 단행본으로 출간된 바 있는데, 이 책은 클루게의 문학 작업에서 편집인 역할을 담당하고 있는 동료이자 클루게 연구자이기도 한 토마스 콤브링크Thomas Combrink 박사가 주해 및 주석을 붙인 2014년 판본 *Der Luftangriff auf Halberstadt am 8. April 1945* (Text und Kommentar), Suhrkamp BasisBibliothek를 저본으로 삼아 번역한 것이다. 뒤에 덧붙인 17편의 이야기 「나중에 돌이켜볼 때 "현실적"이라는 말은 무슨 뜻일까?」는 같은 출판사에서 나온 2008년 판본을 이용했다. 클루게에게 일종의 개인 편집인이 있다는 것은 다소 낯설게 들릴 수 있겠지만, 이는 작가, 영화감독, 문화이론가, 법률가, 텔레비전 프로그램 제작자 등으로 다방면에서 활동을 하고 있고, 수많은 자료를 활용하는 클루게의 글쓰기 스타일을 생각하면 충분히 납득할 만하다.

클루게는 많은 경우, 실제 자료를 있는 그대로 가져오기보다는, 가상의 자료를 활용하거나 실제 자료에 의도적인 오류를 가하면서 단순한 복사와 인용이 아닌 개연성 있는 픽션을 만들어낸다. 클루게의 이런 글쓰기 특징을 제대로 보여주기 위해서는 정확한 번역뿐만이 아니라 많은 실제 조사가 필요하나, 그와 관련된 자료는 독일 현지 도서관에서만 찾을 수 있는(또는 해당 자료가 실제로는 존재하지 않는다는 것을 확인할 수 있는) 경우가 대부분이다. 하지만 이 책을 번역하는 동안 코로나19 전염병으로 인해 독일에 갈 수 없었기 때문에 관련 작업을 하는 데 어려움이 있었다. 이는 후속 연구의 몫으로 남겨두고, 여기서는 콤브링크가 붙인 상세한 주해에 만족해야 할 것 같다.

이 책을 번역하다가 다소 뜬금없는 연상을 하나 했다. 클루게가 (서독에서) 이 글을 쓰던 1970년대 당시 동독 작가 동맹의 의장으로 활동하던 안나 제거스*Anna Seghers*는, 나치 시절 망명을 떠났던 경험을 바탕으로 소설 『제7의 십자가*Das siebte Kreuz*』(1942)를 펴낸 바 있다. 이 소설은 노동 운동으로 투옥된 주인공 게오르크가 나치의 강제수용소에서 탈출하고 여러 사람들의 도움으로 결국 독일을 빠져나가는 내용을 담고 있다. 게오르크는 강제수용소 탈출 후 마인츠 성당에 숨어들어가 불안과 배고픔, 부상으로 인한 아픔 등으로 괴로워하며 밤을 보낸다. 그리고 새벽이 올 때 대성당이 졸졸 흐르는 소리를 듣는다. 클루게가 나중에 『1945년 4월 8일 할버슈타트 공습』에 덧붙인 17편의 이야기 중 하나(「사암의 불가사의한 반응」)에도 "대성당의 흘러내리는 모래"라는 소재가 등장하기 때문에 이 장면이 생각났던 것 같다. 이것이 실제 있었던 일인지, 그저 소문이었는지, 아니면 클루게가 제거스의 이야기에서 영감을 받은 것인지는 알 수 없다. 그러나 1945년 폭격 당시 할버슈타트의 벙커 안에서 벽과 천장의 모래가 흘러내리는 소리를 듣던 13세 소년 클루게도 분명히 제거스의 게오르크와 비슷한 공포를 경험했을 것이다. 할버슈타트 폭격을 다룬 이야기 「아래로부터의 전략」에도 게르타 베테가 불붙은 건물의 "흘러내리는 벽돌들에서 나는 [돌돌거리는] 소음"을 듣는 장면이 나오기도 한다.

제거스는 (동쪽에서) 해가 비치기 시작하면 저 소리는 그치고 대성당과 그 안의 석상들은 다시 딱딱하게 굳어진다고 서술한다. 클루게의 성당들은 원래 불어오던 "서쪽 편류"가 다시 불어오자 잠잠해진다. 동쪽이든 서쪽이든, 우리를 보호하기 위한 목적으로 지어진 거대한 건물과 도시, 더 나아가 문명 자체가 우리를 가두어 죽일 수 있는 현실이 있다. 20세기에는 추상화, 타자화, "위로부터의 전략"이 극단까지 밀고 나가는 곳에서 참혹한 일들이 많이 벌어졌다. 21세기에는 사정이 달라졌을까? 21세기 초반에는 특히 9/11 사태가 있었고, 클루게는 이 사건을 20세기의 압축이자 21세기의 전조처럼 보았던 것 같다. 클루게는 다른 책들에서도 이 사태를 배경으로 한 이야기를 썼고, 이 책에도 9/11에 대한 이야기(「재앙의 전조」 「재앙에 대해 계획된 대항 수단」)가 담겨 있다. 2019년 말부터 시작된 세계적인 전염병 현상으로 감금과 격리, 감시가 일상이 된 현재, 임시 피난처의 벽 안에서 나는 소리를 듣는 듯한 경험이 어쩌면 앞으로 점점 더 많은 이들에게 생겨날지도 모른다는 생각이 들었다.

　문체에 대해 간단히 언급을 하자면, 독일 문학에서는 재앙, 재난 등의 긴박한 상황을 묘사할 때 한편으로는 압축적인 단어를 쓰거나 쉼표로 문장을 많이 끊는 반면, 상황을 총체적으로 보여주기 위해 긴 문장을 유지하는 경우가 자주 있다. 이는 하인리히 폰 클라이스트Heinrich von Kleist에게서 모범을 찾을 수 있는데, 클루게 역시 이 책에서 그런 방식을 많이 사용하였다. 또 주해에서 콤브링크가 지적한 것처럼 클루게는 구어체적인 표현을 자주 썼는데, 상황에 따라 동사 없이 명사들만 나열하거나 반대로 동사가 몇 개씩 이어지는 경우도 있다. 등장인물과 화자의 입을 통해 발언하는, 상황에 잘 부합하지 않는 통속적인 표현이나 격언, 속담, 유행가, 다른 문학 작품의 인용도 클루게 문체의 특징 중 하나라고 할 수 있다. (문예학자 위르겐 포어만Jürgen Fohrmann 교수는 원래 취지에서 다소 어긋난 표현을 사용하는 클루게의 방식을 "남용적 표현Katachrese"이라고 명명하면서, 이 어긋남이 우리에게 풍크툼의 순간을 선사한다고 해석한다.)

　역자의 불충분함 탓이 크겠지만, 압축적인 단어를 사용하거나 연결관계가 애매한 클루게의 문장을 한국어로 바꾸어놓으면 어색한 비문이 되거나 글쓴이의 의도가 잘 드러나

지 않는 경우가 적지 않았다. 그러한 경우 부득이하게 우리말로 이해하기 쉽게 다소 표현을 수정할 수밖에 없었다. 공역자, 아니 사실 그 이상으로 불러야 마땅할 김현주 편집자님은 이 번역의 기획부터 교정까지 거의 모두를 책임졌고, 특히 녕 문판과 꼼꼼하게 대조하여 옮긴이의 많은 오역과 비문, 어색한 표현들을 지적해주고 군사 용어의 번역어를 두고 같이 고민해주셨는데, 그러한 과정이 없었더라면 이 책은 너무도 부끄러운 번역이 되었을 것이다. 김현주 편집자께 진심으로 감사드린다.

이호성